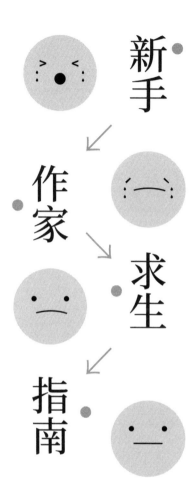

新手作家求生指南

陳又津 著

目錄

輯二　專職寫作修羅場

輯三　文字工作者們

輯四　明天也要開外掛

輯五　沒在寫的時候

前言

文字工作者一一九

國中時，大家穿著一樣的制服，謹守一樣的校規，皮帶要露出亮晶晶的校徽，衣服下襬要完全紮進去。近幾年，我看制服樣式換了，改成不用紮的樣式，女學生終於可以穿長褲，運動褲也沒問題，教官和同學終於不用諜對諜。

但當年，我的同學總能找到空隙，把一樣的制服穿出不同味道。深褐色的頭髮說是天生的，指甲塗上小小的一塊油彩，或用原子筆在身上畫上各種繁複花朵。我們把課本立起來，我掩護腳上的漫畫、小說，她們花長長的時間看著鏡中的自己。我被老師叫起來回答問題，解開後繼續做自己的事，老師拿我沒轍；而她們闔上鏡子，解不開也沒關係，像是什麼事都沒發生。

那些少女，我稱為指甲油女孩。

半透明的指甲塗上指甲油後，散發濃厚的化學臭味，對身體不健康，那樣豔麗的顏色也不過持續兩三天，變得斑駁又難看。為什麼要挖空心思，把指甲油抹平拋光，不拿來讀書呢？

私立學校除了學費以外，有很多捐款或其他名目，但我想想，我家也稱不上富裕，為什麼要捐款？如果非捐不可，為什麼我要跟大家捐一樣多呢？我跟一個要好的同學說，一人一半，兩人湊五百。老師沒說什麼，我們成功了。那天我們很開心。她有更多零用錢可以買漫畫，我學會跟學校討價還價。

那時我對未來的想像很單純，讀高中、讀大學、讀博士——但我媽工作的自助餐店收了，我看著報紙求才廣告，帶媽媽前往某個大樓辦公室接手工，我們聽著更複雜的程序，調整藥劑、比例，讓透明的燈泡變成銀色的。

老闆示範一次，我們很快就上手了。材料費據說十分昂貴，所以我們要先繳交一萬元保證金。我們在陽台為燈泡著色，一個閃神，投放溶劑的順序錯了。做完拿回公司，燈泡的通過率不到兩成。

第二回，我們有自信做得比上次好了，但老闆還是不滿意。

那個年頭，連手工都變難了。但我明明聽懂老闆的話，做得也夠好了，終究要為了那近乎看不見的差異放棄。

那種味道應該是有機溶劑吧？否則要如何把玻璃染成銀色呢？原來我們不知不覺之間，吸了比指甲油更多的毒氣。

現在我知道了，指甲油女孩才是對的，她們有餘裕吸收塗抹指甲油的知識，不需要靠讀書來翻身。十多年後的同學會也證明了這件事。找工作的繼續受僱於人，接掌父母公司的人，不管在校成績如何，也終究獨當一面。

新聞報導有許多工作要先繳交保證金、身分證，其實不過是詐騙手段，我才知道小時候的自己被詐騙了，那些材料怎麼可能價值一萬元？幸好我踏上寫作這條路，不用做手工了。當初手工一件五毛，現在稿費一字一塊。為了不讓任何文字工作在本書中受到剝削，至少要讓參與寫作別冊的文字工作者們，爭取到一字三塊。

但寫作這條路上，不免遇到自稱是業界老手的人，說他當年有多厲害，認識誰誰誰，看你有潛力才給你發表機會，吃飯的費用比你稿費還高，你要知福惜福不要討價還價，要知道作品紅了以後，賣到大陸就發了，一輩子不愁吃穿。我想，這些人是笨蛋嗎？我早就被騙過，現在怎麼會相信你？

這些年來，我從廣告文案轉編輯，再從專職寫作去採訪，但總有接不完的寫作者疑問諮詢，我也義不容辭跟這些根本沒見過面的作者講了個把小時，其中不乏出書有名的作者，讓我開始擔心，若連我們都吃了這麼多土，其他更需要機會的新手作家，不知道我FB或電話的，豈不是還沒冒出頭就被打趴了？我個人作為一支急難救助專線，也很有限，不如在這一次把話講清楚。

「可是，他們需要我。」我所認識的文學少女說。

我們曾經相信文學可以拯救世界，就像那些書本偶然帶我走到更遠的地方，就算有摯敵、心魔、雇主、經濟各種挑戰，還是些微地獲得救贖。

不過，我們要承認的是，沒有人需要我們。

離職了，有人來替。沒有你，案子一樣做完。

被需要不過是個錯覺，安慰自己不是沒用的人，但結果只是惡性循環，你沒有寫出自己想寫的作品罷了。

沒有誰一定需要誰，那只是一種修辭，不要被那種東西欺騙。

雖然有人對你說這些話，絕對比你一個人埋頭做不被這世界需要的作品好。到頭來，需要你的作品的人，其實只有你。

有人說，因為沒有想看的作品，才自己寫出來。

那樣的依存關係才是真相。

作品所能做的，不過是像個朋友陪你一段時間，也許是閱讀的兩個小時，也許是寫作期程的兩個月、半年、一年、好幾年。如果有人能喝酒聊天解憂愁，直播共食打電動，其實連書都不需要。

文學不該吞噬我們的心靈，以崇高之名犧牲你的基本人權，如果有誰定義什麼才是文學，那我們的任務就是去突破、定義不是嗎？

作為自由文字工作者的我，年資只有兩年，但聽說撐過兩年，其實就過了自由工作者的門檻。後來我覺得沒問題時，忽然被叫去上班，這似乎也是自由工作者的常態。現在我不能自稱是自由工作者了，以前覺得要全速做完的，現在覺得可以慢慢想、慢慢修，這不是好事，可能也不是壞事，因為有時迷路，幸好有可靠的前輩拎著我回到主軸。

以前案源不穩定，為了能有下一個案子，必須費盡心思用有限的材料寫出最好的——現在煩惱的是，還沒有把受訪者全盤挖出。但受訪者又沒拿錢，為什麼要對你掏心掏肺？要如何在一定有下個案子的情況下，寫出更加有氣勢的作品？就像出了第一本書，第二本書沒有那麼難，品質就滑坡下去了。雖然也可能維持在某個高度，終究不可能前往無人抵達之處了。

即使沒有人分享，我相信各位也可以成為自由工作者。但我慶幸自己剛起步的時候，身邊就有了這些自由工作者，教我談稿費、遞給我名片、告訴我合約該注意的地方。

這樣累積下來，讓我少奮鬥了即使沒有二十年，也有兩年。沒人欠我稿費、零元講座如實記錄、收支平衡、寫完小說、簽過的合約有年限——知道自己是誰，要做什麼事。

即使撐過兩年，還是有很多經驗落差。回顧我二〇一六年距今不遠的新年目標，竟然是：問明稿費。天曉得我那之前寫了多少與預期不符的稿子，現在也懶得去查證。因此這本《新手作家求生指南》是給我自己的提醒，同樣的錯誤不要犯兩次，就算忘了，也絕對不能犯第三次，如果到了第三次，只能說是一種選擇了。

接下來我所要說的，就是各種在寫作路上，可能會遇上的疑難雜症。

輯一

我的作家夢

出書就算作家？不出書也可能寫出好文章。寫短篇、寫評論、寫部落格、寫臉書、寫美食、寫 3C 和教科書，能不能算作家？

寂寞公路

專職寫作，就表示你跟大部分的人一樣，工作就是工作，沒有選擇的餘地。不能把寫作當作興趣，想寫才寫，就像是運動、投資或遊戲，成名了說是幸運，失敗了也是應該。

寫了一本好書，大家問你下一本在哪裡？真的端出第二本，這些人又說風涼話：這個作家老了，這本沒×××那本好——拜託，這麼殘酷的標準，就算是放在普通工作也行不通好嗎？

但我聽過一個很強悍的說法：「寫得快的好處是，不小心失手也沒人注意。」

當我在簡歷寫下專職寫作四個字，根本不知道這樣的日子能持續多久，但後來我終於知道這四個字是什麼意思：接下來沒退路了。

以前曾聽出版社編輯說，譯者要找「專職翻譯」——這四個字通常出現在最前面，樸素得幾乎要讓人忽略，以為是一種謙虛的姿態，沒有名校光環，沒有獎項驗證，這四個字代表這個人不把翻譯當興趣，翻完一本，還希望編輯發下一本。

後來做了自由工作者，我又聽說，回頭客比底細不明的暴發戶可靠，因為合作過、會付款，不必花時間打探底細。就連新娘祕書也說，她的新娘都是客人介紹的客人。不管在哪一行，自由工作者靠的都是口碑。

所以我碩士畢業後，決定從事寫作，跟我拿過同一項文學獎的文友來信：「恭喜！看來你是下定決心，但作家這個職業很危險，你要好好保護自己。」

我笑了，這個朋友連結局都幫我想好了。

不過他是認真的。

當然，我也是。

如果說鷹架工人比其他人更容易發生職業災害，有志於文學寫作的人的確不得不面對自殺的可能性。忘了是誰說的，成為作家，也順便拿到了自殺的合法性。

《寂寞公路》的原文片名 *The End of The Tour*，這趟旅程指的是華勒斯的新書巡迴，也是記者利普斯基貼身採訪五天的公路之旅，最後，也是華勒斯的生命終點。一九九六年利普斯基替《滾石雜誌》採訪聲名鵲起的作家華勒斯，但當時的文稿未獲錄用，十二年後華勒斯自殺，利普斯基寫成 *Although of Course You End Up Becoming Yourself* 一書，無論是書還是電影，End 都是不能忽略的文眼。

作家這條路走到底，說真的，好像不太妙啊。

一本書的誕生，同樣少不了製作人、演員和導演。編輯讓書有賣相，內文是首先被看見的，有的文字討喜，有的則否，有的很有個性。寫完書的「作家」是這本書的第一個讀者，也是經紀人，不管願意或不願意，多少要附加解讀作品的功能，就跟說明書的存在差不多。

「這你可以寫。」我採訪的時候，常聽到老練的受訪者跟我這麼說。

但當採訪的利普斯基自己也寫小說，華勒斯正是自己夢寐以求的成功化身。

「那些暢銷書都是狗屁，人們根本不懂我作品的價值所在。」這套安慰未成名作者的說詞，此時對成功的華勒斯來說，是徹底的諷刺。

Writer，一個簡單的動詞加上er，就變成了難以承擔的身分：作家、文人，或稱為才子／才女，如果換作自稱，可能是筆者，最近也流行起「文字工作者」的說法，雖然說真的不必用到文字的工作意外地少。

作家，被叫的人無法心安理得，其他人更難心服口服：出書就算作家？不出書也可能寫出好文章。寫短篇、寫評論、寫部落格、寫臉書、寫美食、寫3C和教科書，能不能算作家？

弔詭的是，作家被看見的時候，都不在寫作的狀態。

《不畫的漫畫家》這部漫畫跳過「作品」的過程，幾個人渣自己組了一個畫壇，總在別人背後說：誰這麼年輕出道不過是運氣，在這種小雜誌出道沒意思，少年漫畫龍頭才是我該去的地方，給漫畫家做助手浪費時間，根本沒有發表（更沒有在畫）作品，但先開了部落格寫自己如何嘔心瀝血……

這是搞笑漫畫，笑到深處有辛酸。

這個世界上有專業的漫畫家，有同人出道的漫畫家，但百分之九十九，都是說著「這個我用膝蓋就能畫出來」這樣的話，又名為不畫的漫畫家。

「你們作家沒有工會？」我在寫作者的聚會聽到這句話，才發現編劇、編輯、記者都有工會，但作家真的沒有——我們這群人連自己是否符合「作家」定義都要花上好幾年。文人相輕？那種東西能吃嗎？只能說勞動環境惡化，沒空去管那個。況且這群人因一個人埋頭工作，當然沒同事，就連勞動權益都要眾人逐個核對，更別說是實質（而非投保勞健保）的工會了。

某個朋友以前是編輯，現在下崗了，但編過很多厲害作者。他說有人對他自稱是作家，他問：「寫什麼書？」對方答：「還在寫。」我深深感受到，作家這種職業灌水充數、品質低落，連轉行的資深編輯都不敢質疑。以書籍、專欄、部落格、粉絲頁作為平台，只是載體不同，稱為作家當之無愧。但沒發表就自稱作家，「不寫作的作家」竟然也出現啦！想想也不意外，出書又沒人買，買了也不會看，乾脆掛在嘴邊自稱，環保經濟又實惠。

同理可證，這個世界上有專業的作家，有兼職的作家，而百分之九十九都是「不寫的作家」。或許，還可以加上「前作家」。

有人是「前獸醫」、「前總統」、「前妻」，但產品是作品的人該說是幸運或不幸，只要作品被大家承認，那就是藝術家、作家、〇〇家，永遠沒有退休的機會，就算死了，也是變成已故〇〇家。

反過來想，就算你寫了一輩子，但作品沒發表或發表沒被承認（各式各樣的承認啦），大家還是不把你當個作家看，少數有兄弟姊妹親朋好友從事藝術經紀還有扳回一城的機會，在死後被追認為〇〇家。

小說家只寫小說，不是天經地義的事嗎？

但如果醒著的時間都在寫小說，哪來的時間寫臉書發出宣言？

不過，取暖還是有用的。

關於誰有才氣而誰又沒有，就像利普斯基的女朋友說的：「搞不好華勒斯的作品真的就像大家說得這麼好呢？」

沒看過書，實在沒有評論的資格。

一看書，利普斯基也不得不被華勒斯折服。

這種情況很少，大部分還是看到不順眼的作品，但那麼光芒萬丈的不順眼，比暢銷百萬的商管書還不順眼，那一定是你自己的問題。

專職寫作，就是為了寫出好書，但不專職的人往往寫出更好的作品，這讓「專職寫作」這四個字像是笑話，應了從前聽了無數次的「寫小說還是當作興趣就好」。

後來遇到寫專欄的人（呃，還是不要稱為作家好了，那好像在害他），那人說：「有時候寫得慢的稿子也沒有比較好。」

又發現即使同樣寫小說，寫短篇、寫中篇、還有大長篇的人都有根本性的差異，許多正直的寫作者不吝跟我分享進度Excel、收入Excel，遇到有穩定收入的工作機會還能冷靜拒絕說，「三十五歲以前我想專心寫小說」——我才發現大家早就豁出去了。

如果這就是文壇，這也是我們的江湖，只是希望能專職寫作。如果有人覺得我們是作家，那我們就硬著頭皮承認吧，先偷偷在出入境表格的職業欄寫下作家——就算台胞證註記是無業人員，信用卡屢次核發不過，但就讓他們見識一下專業的水準！

就算現在沒有資格被稱為作家，但編輯都不怕我們的書滯銷了，那就讓我用分期付款來償還作家之名吧。

「你幾歲？」「三十歲。」電影裡的利普斯基回答。

「三十四歲。」書評大獲全勝的華勒斯，贏得了名聲，才明白自己什麼都不是，不是讀者想的那樣，也不是採訪展現出來的形象，新書發表會後也不會有年輕漂亮的女孩來到他的旅館，像搖滾巨星一樣。

夾在三十和三十四歲之間的我，有點後悔看了這部電影。擺脫了成名要趁早的陷阱，後面還有個三十而立，我早點看，這部片有點勵志，再過個幾年，一切也就事不關己。

三十和三十四歲，一個作家和一個年輕一點的作家。

也或許不是這四歲的差距，只是我們習慣用數字概稱某種狀態。

就算過了四年，利普斯基也不會變成華勒斯，我也不必煩惱我更像誰一點，因為我誰也不是，不是縱橫千頁的大小說家，也不是風趣的採訪編輯，到現在我都還不知道怎麼定義自己——話說回來，那不是研究生該做的事嗎？說好的獨立研究精神呢？總不能都是作家自吹自擂帶風向對吧。

文壇，就是我們的戰場。

在這個地方，我見過比我有才氣、比我聰明、比我有名、寫稿比我快——這本書就是二十一世紀初，現役文字工作者的生存實況。我不是第一個關注這議題的人，前有《作家日常》、《上班、辭職，還是撐下去》、《十三年不上班卻沒餓死的祕密》。二〇一六年八月，刊物《祕密讀者》做過一期專題「作家作為一種職業」，裡面有份問卷，名為「文學創作者的基本狀況調查」，問著「平均每月收入？」「最高每字稿酬？」問卷每個問題我都答得出來，而非想像預估，因此我確定自己符合「作家」的操作型定義。

專題中，將寫作者分為出書組與未出書組。出了書的人有比較多的講座和評審邀約。但無償講座有49％，無償評審49％。但不管你出書還是沒出書，稿費都一樣，其他文字作品稿費也較文學作品高。奇妙的是，未出書組對於稿費的期待值高於出書組，只能說出書的人認清現實，我個人因為位在中位數，對文壇這個職場也沒有不切實際的夢想，如果要考慮職涯發展，那只剩轉行了。根據《祕密讀者》統計，最高平均稿費為每字三元，

38%作者有無償供稿的經驗，如果書寫的市場有四成的寫作者願意無償供稿，那要專職寫手幹麼？或說，十個想進入文字寫作市場的新鮮人，有四個必須吃自己，那他們真的能撐過第一波考驗嗎？我想我不行。

我之所以能存活，是因為有人告訴我這樣是不對的。

「你是最金貴的。」「你要愛惜自己的金羽毛。」

當時的我並不這樣認為，至少第一次不相信，但我聽了第二次，第三次，那樣不厭其煩的聲音——總之我是相信了。很多時候這兩句話就像護身符，保我有了一份工作，保我離開工作。保護我在寫作的路上，相信自己可以救贖更多人。

但我知道，更多人這輩子從來沒聽過這句話。

當然那時我並不懂得重複訴說這些話，押上自己的聲譽與信用，其實也會耗損。

一個人可以預支能量到什麼程度？

一個人可以耗損到什麼程度？

我不想知道答案。

但我現在知道，也即將在這本書談的，就是不管一個人寫得好不好，都會面臨的現實處境。

靠文字維生是可能的嗎？

「廣告是娼，小說是貧，你要哪一種？」資深文字工作者問我，怎麼聽都覺得很不妙。

「幫你談好了，十萬。」我的第一份自由文字工作是廣告文案，竟有好心人幫我談成。比起塞零用錢給我，我更感激這種信任。後來我也知道推薦別人有多麼不容易，我說的不是推薦文，而是工作找上你，要你推薦一個能代替的人。這同時有兩種意味：承認自己並非不可取代（那只是個文字工作，只有品質好壞的差別），另一個是知道受推薦者的能力。否則，很可能會兩邊不討好。

我辭了在澎湖幼稚園教英文的兼職工作，投入廣告公司。我當然不知道文案要做什麼，但我可是賭上一切來寫的！我要成為代替別人的人，起碼在這份工作上。文案因為有業主需求，反而比小說有明確的時程、酬勞。可是我也不知道案子要怎麼做，自願轉為月薪制，讓業主三個月吃到飽，最後證明這是正確的選擇，因為業主也不知道案子要做到什麼程度，何時算完成。就算凌晨兩點會接到老闆電話，反正一下子就過了。

最後，我說要回去念研究所，三個月即將結束前，竟然變成面試官，找了一個爸爸是賣魚的（自傳這個部分寫得很感人，我想應該可以做文案吧），自己撤退脫身了。幾年後，我自己的書都出了，才在書店看到那本擔當文案的書，翻到版權頁，幸好沒掛我名字，錢倒是實實在在拿到了。

那家公司不知道怎麼回事，我才進來兩個多月，已經是整個公司第二資深，最資深的是坐在辦公室那個會計，做了十幾二十年——後來我才知道，這種忠心耿耿的會計永遠不會失業，就算員工全部資遣，她們還會待在老闆身邊。後來我也離開了那地方，會計還會替老闆出面，每年問我要不要來吃尾牙，公司也一直沒倒。

我在那地方接過奇怪的案子：下午兩點接到電話，問我能否幫忙寫個垃圾清運的廣告腳本？來電聲音親切，說明不疾不徐，但不知道要寫多少字、修改幾次，只說要像是某作家風格——×××教你丟垃圾，我也真是服了這家公司。問什麼時候截稿？「下午四點。」我有聽錯嗎？電話講到這裡，頭頂的時鐘是兩點十五分，兩個小時不到，這不是幫忙，而是救火了。

投了稿、把案子丟出去，接下來就像犯人等待宣判。等待的時間或長或短，一邊懷疑自己大概沒辦法吃這行飯，更實際的是，如果沒得到獎金或稿費，真的要去找工作。後來看韓國歌手李蘭參加頒獎典禮，朋友勸她領獎如果沒錢、沒名聲又無趣，三樣做不到兩樣，乾脆別去。結果，她發現典禮無趣又沒錢拿，當場拍賣獎座，以一萬五台幣成交，下個月的房租就有著落了。這樣說來，受託寫作也差不多，錢沒多少又無趣，只是有人願意相信我罷了。

一次又一次，我像是賣小吃，靠老主顧的口碑接案子，寫作變成理所當然的工作。等到又進了另一家公司，截稿時間迫在眼前，分機電話響起，「你什麼時候要交稿？」前有會議，後有要下班的編輯，「給我十分鐘！」寫得快，沒把握，但寫得慢也不會比較好，只能寄出去再看看怎麼改。果然幾分鐘後，我的下場是，退稿了。就算寫了很多年，時間依然不夠，還是會懷疑自己沒辦法吃這行飯。許多年前的那個下午，我是那麼愉快，只是寫個關於垃圾的腳本，覺得那是只有我才能寫出來的東西，就算最後沒用上，我也不遺憾。那個檔案標題下方，就打著我的名字。這是我每次開始寫作，做的第一件事。其實名字一點也不重要，誰在乎寫手叫什麼東西？現在，名字可以變成印刷出來的標記，為什麼我反而卻步了？

因為，寫作不該是理所當然的事吧？只有兩個小時也好，一字一塊也沒差，一次只做一件事，即使成果不太滿意，但至少問心無愧。如果寫作讓人成了作家，那樣活著好像比較輕鬆，說話也能比別人大聲，人也很容易就這樣壞了。

反過來，回頭問自己，如果寫的東西不賺錢、沒人喜歡，你也要寫嗎？當然！我就是為了讓人知道我腦中有個異次元新世界，才開始寫的嘛。想到這裡，又覺得，最慘不過如此，根本沒什麼好怕的，我根本就沒有什麼可以失去。

誰也不認識我的地方

「你看了駱以軍寫的那篇〈大叔〉嗎？」二〇一〇年春，當時一起寫作的少女這樣問我。

她說的是最近登在《聯合報》的文章。

掛掉電話，我上網看了，那少女是一個集合體，不是以我為原型，各種細節都不符合我的人生歷程。雖然我很希望可以，但終究不能鑲嵌進任何一個事件，否則倒完成了救贖的意義。沒想到五年後，我的第一本書出版，這篇文章原封不動成為推薦序。

「可愛的大叔，沒有愛，就是等著我們這樣的少女去救贖。」

「大叔，問題是，你太不專心了。你咕嚕咕嚕囉哩囉嗦在幹什麼呢？」

那時我二十三歲，人在澎湖馬公，冬天的強風，連窗戶都在發抖。剛開始休學寫小說，周遭沒有任何熟識的人，只有一個每天陪我講三到六個小時電話的台南少女。少女說，年紀、經歷都可以被超越，我們也相信，文字可以救贖某些人——或者，我們的存在本身就是救贖。

「這是我最近寫的小說。」我說。

我以跟蹤狂的態度，堵上倒楣的大學兼課老師駱以軍，後來我才知道這種兼課老師時薪沒多少。帶完研究所下課，還得收下休學研究生印出來的稿子，而我就慌張地陪他在長椅旁抽根菸。

「啊，是駱以軍。」旁邊還有女學生路過驚叫。倒是我從來沒說過，其實我很喜歡《遺悲懷》，是您的老書迷呢。這輩子也沒參加過任何新書分享會，即使遇到喜歡的作者，也不會拿出書籍請對方簽名。說到底，就是社交技能低落。

寫作這件事，其實問自己最清楚，問別人意見，只是想唬過去稍微偷懶而已，問人不會得到最好的答案，但問自己實在太花時間，又永遠不確定。砍掉重練是何苦，還不保證能在市場獲得成功，有這樣的前輩跑者，我好像漸漸能撥開寫作的迷霧——

幸好有少女，一開始就在我身邊。

五年前的少女和我，一定是世界上同步率最高的兩顆心吧。

那時就連少女兩個字，彼此都得再三確認定義，「同步率」也是，她應我的請求看《新世紀福音戰士》，我為她開始讀村上春樹的雜文和《銀魂》。然後我們一起補完《荒川爆笑團》、《化物語》以及《絕望先生》。

現在想來真是不可思議卻必要的交易，說到底我們畢竟是完全的陌生人，不那樣擁有共通資料庫的話，根本就沒有對話的基礎。

外界任何一點風吹草動都會使我們驚慌，每天晚上要講上三四個小時電話，一個人在澎湖的馬公市，一個人在台南的研究所。兩個人都是離開台北，懷抱自身對文學的投射來到星星特別明亮的地方。

從我租屋的房間窗戶看出去，一顆一顆數過，有四十多顆星星。我也曾經從這個窗口看過，一整袋信件被強風漫天捲起，郵差追了幾步便宣告放棄的一幕。

後來讀了村上春樹《沒有色彩的多崎作和他的巡禮之年》，才發現原來我們曾是那樣的關係。只是他們有五個人，而我們是兩個，但其實不只兩個，她常說起心理諮商的醫生，我則被救贖的魔咒迷惑。我們同步了所有迷惑與混亂，才能稍微穩定心緒，但這樣加起來，會不會是兩人份的躁鬱，到頭來誰都救不了誰呢？

她是第一個到澎湖來找我的。

我沒有留下少女任何照片，甚至覺得光是拍照這個行為就會破壞完美的同步率。

澎湖人常說，誰誰到台灣去了，口氣好像是去了另一個國家。我一開始就是外人，走的時候也只為了一個理由：我要做文字工作，賺得生活費，以這樣的形式被別人需要。

回到台灣之後，之前因為距離而強行打開的心反而關起來了。不再有分分秒秒更新同步率的需要。那八個月是我人生少數沒寫日記的時期，因為不是在寫小說，就是和少女講電話。除了讀過的東西，什麼痕跡都沒留下。

最近上網搜尋少女的名字，發現她寫完了論文，我的小說也終於出版。我想她一定也知道。我們總算都活了下去，各自游過了那暗夜的大海。

而今我也非常清楚知道，這樣的關係以後不會再有了。

老派文學獎入場券

得獎名單公布了，但沒看見自己的名字。

後來我才知道，很多朋友都有這種經歷，甚至可以說是悲劇，話說回來，把悲劇變成喜劇，不就是文學的超能力？

想用一個獎項向自己以及某些人證明什麼，結果不但失敗，還在FB看見別人的賀文，細細看了那些作品，明明也沒那麼好，為什麼就能得獎呢？唯一值得慶幸的，就是沒公布參賽者名單吧。

漫畫《10 Dance》的杉木信也：「我是世界錦標賽的第二名，無論有沒有黑箱操作，我的舞技還沒有征服大多數觀眾，讓他們為不公的結果喝倒彩的程度。」

看來就算得獎了，也各有各的怨念。

「幸好你還是出了書，沒有被那些評審埋沒！」

「你怎麼知道我有投稿?!」

寫作的朋友看到先前的決選會議紀錄，告訴我因為提案踩了虛構類和非虛構類的線，結果沒能入圍，但是現在出書被大家看見，他真心替我高興。

「你證明了他們是錯的！」他說。

但兩年後的今天，知道自己落選，還是有點傷心，雖然我根本想不起來我投了什麼，但我無論如何就是想找到當初的凶手！

花了三分鐘搜尋，沒找到，但忽然發現，其實我也不是很在意。那參加文學獎這麼老派的活動，究竟是為誰辛苦為誰忙？

我想起來了，文學獎不只是獎項和獎金，還有那時一起投稿的少女、素昧平生幫忙拉票的評審、斷言「這不能得獎絕對是這個獎有問題」的戰友。

我記得國中時批評我作品太雕琢的評審，過了十年，對方根本不知道那是我，後來也非常照顧我，告訴我徵文消息，邀請我去交流活動。我記得高一的決審入圍紀錄，唯一提及我那篇作品的評審名字。儘管當時一無所獲，但評審會後，我去領回評審留在現場的稿件。下一屆捲土重來，好幾篇都得獎了，但我完全不記得篇名。只記得陪在我身邊的文學少女，有人的詩那麼光彩奪目，那絕對不是學習或耐心可以得到的東西——十七歲的我果斷放棄寫詩。

「有的詩像一朵花自然盛開，有的詩像建築物一樣需要經營。」說這話的詩人三十多歲，旁邊七十歲的教授也欣然同意。

這是我選擇小說幾年後的事了，我願意相信這種說法，但不打算去做。光是幫小說搭個舞台，就吃掉我所有力氣，哪有空閒去蓋個詩的建築物啊？同時寫詩和小說兩種文類的小說家，感覺像是幾個世紀以前的事了。至少，目前的我是這樣想的，下好離手，在小說這個文類賭一把。

如此起起落落，我終於學到了——如果得獎，就算人在國外，主辦單位會千山萬水透過網路通知。如果沒有，我也寫了新的投稿，不能總是撿舊稿資源回收。過了一個冬天，一樣的獎項一樣的稿件，換了評審就得獎，這種情況也有。

重要的是征服大多數的讀者，確認自己的心。不然在這文學獎影響力貶值的時代，沒有出版社主動找你出書，沒有豐厚到能買房的獎金，參加這個要幹麼？我拿到的獎絕對不是最多的，倒是適應了沒得獎的失落。

「頒獎典禮要帶媽媽去嗎？」

這個問題我想了很久，一直沒得到答案。有一天，我作為與比賽無關的採訪寫手，出席頒獎典禮，流程一如往常，排排站的得獎者不知道要站哪裡，臉上寫著害羞和無奈。但我注意到，台下坐著風塵僕僕趕來台北的爸爸，他眼眶含淚，比得獎的兒子還激動。會後我跑去跟爸爸聊天，說你兒子寫得很好，然後就詞窮了。爸爸訥訥地說，記者真的多謝你——我又沒做什麼，而且也不是來邀功的啦！

我從小到大的畢業典禮從來沒邀請家長，因為他們怕上工請假，也可能是害羞，不擅長面對這種場合，怕丟你的臉，但他們才是真正在意這個典禮的人。我媽不懂太多文學技巧，她才不管文學獎大小，或貶值多厲害，但她懂得有人忙裡忙外就為了這個典禮，懂得典禮象徵別人看重你。至於典禮上那些互相認識的人看起來很熱絡，彼此也只是聽過名字的交情啦。典禮過後，就像你寫完稿子的時候一樣，這世界什麼事也沒發生。

作品真正的價值，只有讀者才懂，而他們甚至不需要靠獎來辨認好的作品。

一個人，沒有同類。

文學，就是一個人走在這條路上，如果我這麼容易因為落選受傷，那不是先輸一半了嗎？如果有幸得獎，那是命運的暗示或一場及時雨。

企劃「小說的黃金時代」的雜誌九月初就來了，但我十月才有勇氣翻看內容，感覺像放榜分發，雖然我在封面確實占據了一個名字，或說是卡了一個位置。但我拿到雜誌的第一件事，是翻開兩兩對談後方附錄的「推薦其他小說家」。窄窄的版面，寬度不到一公分，感覺像是遺珠之憾保送上壘的真心告白。過往我幾度落選文學獎，靠的就是字裡行間評審的幾句點評，祝福作者繼續寫下去，沒得獎的我，才是閱讀評審紀錄最認真的人。（如果得獎，都在看評審提到的缺點，但後來習慣了，就忘了他們到底講了什麼。）

「推薦其他小說家」這欄位沒有我，那兩行名單也常常重複，表示已形成共識，也證明了我沒能取得共識。相反地，也有人一直出現在那兩行，但終究沒能參與對談。參與的人，沒參與的人，在意著線內線外。後來才知道，入選者本來就不會出現在那，我依然不確定除了對談者以外，有誰欣賞我的作品。

「你們那兩行根本只推薦朋友！」年長的朋友這樣說。

但不推薦朋友，難道要推薦敵人嗎？說真的，我連自己都不推薦。不管是企劃還是獎項，文學獎這場遊戲，幾家歡樂幾家愁，為什麼人家得獎我不能？為什麼人家讚數比我多？為什麼講座費比我高？為什麼人家那樣，我只有這樣？

我很久沒想起這種事了，因為有太多比這值得說的事。

為了國中暗戀的男生喝鹽酸、總是喜歡異性戀男子——那場子很怪，我幾乎要覺得自己是男同志了，看著手機螢幕裡各色可愛的男孩大叔，調情對話和訊息。大家明明是第一次或第二次見面，外表看起來平靜的寫作者，原來有著八卦週刊的過往，喝鹽酸那個對我說，你不准寫，我要留著自己寫。漂亮男孩說怎麼辦，明天要和誰吃飯，人家成名早，愛情事業兩得意，我怎麼能赴約等等。我們幾個人當然對漂亮男孩說，哪會，你是最好的，最起碼我認識你以前就買了你的書，你成名也不晚，作品也不差，不然我早把你的書賣了。顯然我的修辭不足以說服漂亮男孩，他還是在今天的吧檯憂慮明天的飯局。

我說個故事給你聽吧。

十四歲，那是我人生第一個文學獎，順遂得讓我誤會文學的路上都是這種風景，我是首獎，跟我同年同校的同學也是首獎。我跟這同學連對話都沒有，只是並排領獎的交情。未來十多年也不曾交談，文類、題材完全不同，唯一一樣的只有年紀，每回我靠自己掙得一點成績，都會有人問我：「你認識□□□嗎？」我不認識好像是我的錯，或不夠格去認識，這個名字不知不覺之間，成了我的宿敵。導致我遇到尊敬的寫作者也問：「那你認識□□□嗎？」他們回：「那是誰啊？」這樣我就開心了，標準未免太低。

「你們都是很好的人，但我懂你的相對剝奪感。」吧檯另一邊的男孩說，他認識□□□，「不會有人把你們聯想在一起。」

無論是出於友誼或真相，我得到這句話就行了。

我要安慰的漂亮男孩也笑了，畢竟十四歲被拿來比較，還是比二十四歲慘烈。但我直到這時，才發現自己早就不管宿敵去做什麼、寫了什麼？

變成怎樣的人。就算出了暢銷書，我也無所謂。宿敵之名陪我走過出版前的懷疑時光，比最親密的朋友還長久，因此這人其實不是我的宿敵，而是摯敵了。

如果你問我是否要認識摯敵，我想還是不要。嗯，讓他成為我終身的摯敵吧。摯敵有什麼用呢？摯敵超有用，因為摯敵只存在於自己的想像，所以要面對的，也只有自己，其他人反都成了（想像的）的朋友。只是我寫小說的時候，會把整個人生押下去，跟惡魔交易一部好小說。並祝福摯敵幸福快樂，順道替他點盞光明燈，詛咒對方永遠不要進入小說的修羅場。（就結果來說，這種人生應該會比較好。）

然後，我引發了一場關於摯敵的爆炸討論，我說我的，漂亮男孩說他的，整個吧檯都像點酒一樣，點了一個名字，我才驚覺這一切就像多角戀愛，連線到最後的摯敵，竟就是坐在吧檯，煩惱明天飯局的那一位漂亮男孩。

我都要頭暈了，努力忍住，才沒問漂亮男孩：「如果把你當摯敵的人，知道你根本沒把他放在眼裡，應該會傷心吧？」

一定會啊。

反正被我們私下選中的摯敵，和技巧無關，和領域無關，和題材更無關，而是蝴蝶效應般的時機，外人絕對猜都猜不到。

成名要趁早，我們都在搶，搶不到的耿耿於懷。但忘了是誰說的，寫書又不是拍寫真集，又不是年輕就會寫得比較好。

我們看的，不是比我早，也不是比我晚，就是同代作者。

如果把雜誌或得獎名單當作放榜，可能會受傷，但當作參考或生涯規劃，倒是可以看一看，同代作者最近在做什麼。如果像我一樣怕受傷，就先看《天才柏金斯》、《巴黎評論——作家訪談錄》、《卜洛克的小說學堂》、《暢銷作家寫作全技巧》——因為這些人大多掛了或老了，應該不會跟我們一起玩了。

補助是一場馬拉松

「你能混一部電影，兩部電影，混三部電影，露餡了吧。」演員惠英紅說過。

「要評斷一個小說作者的寫作實力，必須以他的第三本小說為基準起點。」小說《愛貪小便宜的安娜》在序中寫過，更之前我也看過這種說法。第一本書是最大靜摩擦力，我花了十年才走到，第二本我有把握絕對不是重複自己。第三本書，果然成了我的門檻。我想說服自己浪費是有意義的，但其實沒有，我還是不太適合要跟人交代自己寫了什麼，為什麼要寫。

畢竟文學對我來說，就是「沒有任何東西可以失去」這種底線。我辭了編輯正職，順利獲得補助，補助分為三期，確定通過後有第一期，寫到一半領第二期，寫完後通過評委領第三期。後來我接案，也都比照這個慣例。

我按照長篇小說家的表格按表操課，每天一千字，大約半年就能完成十五萬字。事實上，我也有一天六千字、八千字的紀錄。只要不回頭修改，我最有把握的效率不是問題。歷任補助者也有人半年就繳出成果，雖然大部分都花了三年。

寫了可以慢慢修，我想這是補助的優點和缺點，不用急著出手。最後，過了我給自己一年一本（艾莉絲．孟若）的節奏，過了補助規定的兩年期間，我果然如平均值花了三年，起碼寫了三個幾乎不同的版本，刪去六七萬字，只留下十一萬字。有陣子主要的工作是資源回收，把刪掉的稿子撿回來，剪下貼上。

前輩說，我拿過補助，也用那筆錢度過失業的日子，繳出不錯的小說。但出了第一本書、第二本甚至第三本，過了新秀補助這道門檻之後，前輩說：「我不能跟你們搶補助，準備跟銀行貸款五十萬。」別人貸款上學、買房，我們卻是貸款寫小說，這條路行得通嗎？接案，並且調控時間，可能是比較務實的做法。至少有了補助，便能專職寫作「那一部作品」。當然你也能接案，因為先前合作對象，不會因為你離職而拒絕合作，也不會因為你去上班而放棄聯絡。

可是補助這麼大一筆錢，我反而不知道該怎麼用，搭高鐵到處做田調嗎？事實上，說自己寫小說，比記者還要讓有關單位和機構害怕。因為他們從來沒接觸過寫小說的人，不知道自己會被寫得怎樣。於是我放棄了，把補助放在口袋。有人說，你那補助我拿過，最後不想出版。結果我發現，那人根本沒拿過——還好我有查證，差點被騙了。

跟別人合寫、邀稿、採訪都做完了，自己的小說還在卡關。推薦文、邀稿都有明確的截止日期，也有確定的稿費，專欄文章還比連載小說更能釐清人們生活日常的迷茫。臉書文有明確的指標性。合寫的小說毫無負擔又快樂。

沒有人期待我寫出下一本小說——就連我出版第一本書之後，那些會問什麼時候出第二本啊的人都不問了——因為我一年後就出了第二本，他們大概放心了。我想，要在第三本書進行人生結算，應該太早了，第十本的時候再稍微回顧吧。

我知道有太多新進作家可以寫出好作品，卻處在暫停模式，等待作家經紀人出現。他們卡在中間，不敢放手寫下一本書，因為他們還在等待，想知道之前的作品夠不夠好、自己是不是真正的作家。這個等待狀態，沒有寫作、自我懷疑的狀態，是創作者最糟糕的處境。我的建議是，假如你沒辦法一下子找到經紀人，但覺得作品已經完成、可以和世人分享，那就自費出版。把作品交到讀者手上，讓它離開，然後繼續寫作。

這是《我想念我自己》的作者莉莎·潔諾娃在後記分享的感想。寫作，然後出版，要獲利或成名的機率太低，但至少可以認真面對一個問題，然後，告別這個問題。

「你要來上班嗎？」

某天，我忽然接到電話。具體地說，是我好幾次沒接到，（寫作時，我的手機會放在別的地方，反正有急事的人一定會再打來。）聽了留言，對方請我回電，我還是沒回。這次，我接了。聽起來很像詐騙電話，說要成立公司什麼的，要我不准對外透露——拜託我在家工作，是要跟誰透露啊？

「你沒辦法進公司啦。」不知道有多少人對我這樣說過。可以十二月去嗎？給我三個月，收拾掉手上的長篇、邀稿、專欄、演講，投入全新的職場，聽起來還不錯吧。

答案是不行。我只有一個月，寫不完。

上班第一天，教師節兼颱風假，辦公室空蕩蕩，無人招呼寒暄，我以為今天例外，結果日日如此，我倒是輕鬆，只是少了某個重要情報——看對面的同事，偶爾起身，確保廁所茶水間路徑——我的上班生活就這樣無聲無息開始了。後面那組連電腦都沒有，頂多放幾罐水和寶特瓶。幾週後，很少來公司的鄰桌男子說，我看見這外套放著，就知道有人來了。同事之間像偵探，留意風吹草動。

我在辦公室的位置是人來人往必經之處，帶了家裡不要的杯子去，幾乎沒放什麼東西。要是我被解雇了，我也不打算去收東西。小說還是要收尾。工作不知道能做多久，但補助一定要有始有終。

每天抽出至少半個小時寫小說，沒有時間改了，只能寫下最重要的段落，如果某些段落的功能是過場，那就跳躍吧。跳躍是我的強項，只是時間多了就會奢侈地思考：長篇小說是什麼、我適合寫長篇嗎、為什麼一千字就能講完的事要寫這麼多、長篇小說才算是小說嗎之類的問題——少了非寫不可的迫切感。

除了經濟援助，寫作者可能更需要心理建設。

拿不到補助的人覺得自己不夠好，拿到補助的人為自己設立寫作障礙，兩邊都沒有專注寫作。或說，人不想寫，怎樣都可以找到藉口。補助金額不見得高於文學獎，但時間絕對拉更長，長篇小說也不是比誰寫得快，比誰布局更精巧，而是一場認識自己的馬拉松啊。

我有什麼資格做評審呢?!

喊到名字，得獎的少女上台致詞，說著就哽咽了。

「因為我覺得快要忘記阿公了——」

忽然間，我開始擔任文學獎的評審，一次、兩次，這是第五次了。

光是閱讀，看見有人亮出喜歡的名字，像溺水一樣緊抓別人寫過的句子，希望在黑暗的宇宙中看見另一顆星球的反光——我就忍不住心疼起來，過去的我也是這樣，所以現在來到評審的位置，竟然有點心虛。

「明明也是從文學獎一路殺過來，但我究竟站在什麼地方評論那些作品呢？」這兩年開始擔任評審的作者說。

啊，我在這條路上也是殺得鮮血淋漓。

但別人來擔任地獄守門人，我更不放心，我記得高中那年的決選會議，C老師說什麼我也忘了，但我記得第一輪圈選，只有他選我，然後我就毫無懸念地被刷掉了。會後老師把稿子留在場內，反正也要丟掉，我像撿到寶一樣，從畫線的句子和不甚清楚的註記，思考到底哪裡不對。

現在我做了評審，才明白在評審喜好以外，還有另一套標準，而名次就是依照所謂的結構、語言、技巧、細節等理論來判斷。

「好啦，別哭，我都看到了。」

世界上沒有完美的文章，儘管有些文章明顯特別不完美。但我後來才明白，如果花時間繼續寫下去，缺點多大，優點就有多大——如果真能看見這缺點，並願意背負這個缺點走得那麼遠的話。

文學獎創造了一個平台，讓評審在不知道作者名字的情況，直面每一篇作品，但每個評審有不一樣的訓練，在意不同的事，所以挑出完全不同的作品也很正常。可是評審和作者的距離被文學獎這件事拉出來，評審的話語透過麥克風傳遞、甚至被記錄，作者通常沒機會回應，就直接消音。

沒辦法，這是遊戲規則。

如果真要討論作品，除了文學獎，創作課更適合大家互相漏氣求進步，那邊雖然也有「老師」，但同學作品才是主角。結果影響我最深的評語，不是來自評審，而是同在路上、寫出不完美文章的夥伴。

甲說起角色動機，乙說要拉高衝突，大家說起來頭頭是道，於是我照甲乙丙丁的方式做了，問題看起來沒了，但原本的作品消失了，只留下了角色、動機和三幕劇結構。這作品不見得不好，只是沒特色。就像有時候的首獎一樣，OK，沒有太大的問題，但也沒讓人留下深刻的印象。本來嘛，要創造獨一無二的作品，又要獲得大部分人的共識，聽起來就是不可能的任務。

「是哪裡不夠好呢？」

另一個得獎者私下來問，我想這下評審闖禍了。

如果在公開場合說「不喜歡這篇作品」，再透過麥克風與文字傳遞，作者若是第一次或剛開始參賽，就算得獎了，聽到這句話也會有遺憾。作者會想為什麼評審不喜歡，而不是找到這篇作品該有的樣子，沒想到這兩個方向根本是相反的。

對於阿公過世的人來說，這篇文章的意義在她書寫當下就完成了，獎項只是印證她的努力，一個模糊的確認，阿公的存在是值得的。但對於找尋定位的同學來說，這條路可能才剛開始，而文學的存在，不就是為這個糟糕的世界找到一個「夠好」的證明嗎？

新書分享會的玻璃心

「你什麼時候要出書？」多想兩秒鐘，你可以不要問。

我現在理解「不寫作的作家」為何要聲稱自己在寫小說了，以前我總覺得這種人放話比實際作品多，這樣真的好嗎？但放話有用，有神祕感又能造勢，寫不出來就上網說壓力好大，刷個存在感，也沒人敢向你查證。更多人會安慰你，多一點人生經驗再寫，多掌握一點技術再寫，反正寫不出來的人一定比寫出來的人多，你永遠都是大多數人的那一邊。

小說是虛構的，最後連小說家這個身分也是虛構來的。其實你要寫小說就寫，沒人會阻止你，當路邊人人都能自稱寫小說，不用有任何作品，就算有，也很快就會從新書平台下架，成為難以考證的數據。當作者比讀者多，直播主比觀看人數多，小說家就會從神聖的殿堂退下。

但為什麼所有對文字有興趣的人，無論是讀者、評論者，或是業餘寫作者，都要被別人以為是作家，非得要出書呢？我們對於寫作者的想像實在太狹窄，也讓許多喜歡寫作的人蒙受不必要的壓力，不出版難道不行嗎？沒出版難道就寫得比較差嗎？當然不是。

作者的玻璃心易燃易爆炸，從寫作、補助、出版到評論，隨時可能會踩到地雷碎滿地，幸好大多情況作者能一個人面對，除了新書分享會。

「為什麼我的新書分享會沒人來？」

行銷企劃說他最怕碰到作者這個問題，不論是新手作家或是老牌作家都一樣，有事沒事打電話來問他，書賣得怎麼樣，為什麼新書分享會沒人來參加？老牌作家更可能沉浸在九〇年代，新書分享會辦在兩三百人的大講堂，現在換到獨立書店便覺得出版社怎麼宣傳不力。但就算花了大錢，租了豪華會議廳，要是讀者兩三隻，到時候場面更難看怎麼辦？因此行銷企劃根本不敢說真話，請我一定要在這邊寫出來。

朋友說，他認識的退休老師出書，辦在歐式自助餐吃到飽，還有人彈鋼琴、演奏長笛，我腦中忽然浮現婚宴的場面。連忙告訴他，這個也不是常態，那應是退休老師發動人脈才有的待遇。

至於新手作家通常不敢作聲，只敢責怪自己寫太爛。好心的行銷企劃說，真的也不是作者的錯。但我沒行銷企劃這麼好心眼，我只想在這裡問一句，寫得爛就不寫嗎？如果這樣就不寫了，早點放棄也好。

分享的方式很多種，不是只有出書和分享會，這個時代還有直播、拍影片、手寫字等許多表演形式——說到這，我忽然想到，下一場分享會是否該請一台電子舞台車，讓大家熱熱鬧鬧來辦桌？

輯二

專職寫作修羅場

在寫作的這條路上，除了編輯以外，才沒人在等我呢。如果寫作是一場馬拉松，沒有觀眾會在終點歡呼。「沒人需要我，但我需要寫作。」

自由工作者三要素

我做編輯那一年，出版社加總編共五人，我旁邊坐著行銷，座位分成三列，我坐最前面，因為最資淺。旁邊坐著一直打電話、寫電子郵件和應付讀者的行銷。那時候我總覺得行銷這個工作好，接觸各式各樣的人，不像我只有漫長的譯稿，必須思考翻譯的句子，和根本不認識的專有名詞，整天下來跟人一句話都沒說，所以換我寫邀稿信的時候，歡天喜地，覺得總算要遇到「作家」啦。

從著作和採訪推測「作家」的性格，打探聯絡方式，寫封我所能想像最恭敬又不卑屈的邀稿信，如果推薦文有稿費，就註明希望的字數、方向還有最重要的截稿日，如果只能贈書也要明寫，因為出版社真的很窮（當然我不會這樣寫啦）——除了靜候佳音，也沒別的事能做了。

編輯這份工作教我把事情盡量講清楚，所以我後來成為自由工作者，去開劇本製作會議，結果不講故事、角色和編劇酬勞，我就覺得奇怪了。更奇怪的是，這種事不只發生一次。

交朋友閒聊我是無所謂啦，但聽到「我們這個一定會賺錢」這句話，就覺得好像遇到詐騙集團，因為生意沒有一定賺錢的，你這樣講，表示根本不知道錢會從哪裡來吧。創作沒有特別偉大，但連最基本的勞動條件都不願意拿出來，將來還有什麼尊重可言？我不如回家寫臉書，娛樂自己和網友，省得經歷一次又一次毫無意義的修改，不必被嫌到一文不值，懷疑自己存在的意義，最後沒有寫出自己真正愛的作品，也沒拿到錢，那就真的虧大了。

作者跟作品也往往兩回事。

A君看起來嚴肅，其實親切，B君開價奇高，願意收審定費但拒絕在書中任何地方提及他的名字，好像我會做出敗壞他名聲的書。無所謂啦，從封面、內頁到版權頁確定都沒有 B 君的名字，但我有生之年，絕對會記得這個名字。

小說家尼爾．蓋曼說得對，自由工作者的珍貴之處就在於：有才華、好相處、準時交，不過不必三者均備，只做到其中兩項就行了。

「別人可以忍受你難相處，只要你的作品很好，而且準時完成。別人可以原諒你拖延，只要作品很好，而且他們喜歡你這個人。或者，你的作品也不必非常好，只要你準時交稿，而且聽你說話如沐春風。」

後來碰到雜誌編輯約稿，但不管對方從什麼角度發球過來，我都會想盡辦法打擊回去。儘快寫完，放著，截稿日之前提早交稿。

後來編輯寫信來道歉，因為稿擠，我的稿子延到下一期去了。

還好啦，我人生第一次寫三少四壯集專欄，就被總統就職的版面擠掉，編輯還說「我們很同情你」，但是別擔心，我甚至會寫好三篇，讓編輯慢慢當存稿，至少我準時交了，編輯不至於開天窗。

某導演跟我第一次碰面就說：「你看起來是不吃虧的類型。」

糟糕，我看起來這麼難相處嗎？根據我奉行的「自由工作者三要素」：有才華、好相處、準時交看來——既然人不好相處，那我一定是很有才華了。有才華，這點很難自己球員兼裁判，但至少要有趣，雖然邀稿的人也不期待這是曠世巨作，他們只是被截稿日追著打，但若是我非常陌生的題目或題材，也要懂得放棄。

我闖蕩江湖沒幾年，但被這人一說，倒真沒有寫白稿的經驗。當我遇到更多的自由文字工作者，大家聚在一起核對勞動條件才發現，自由工作者或多或少，都有被欠款的情況。

「你生日什麼時候？」

初次會面，做電影的大姊上網查詢我的命盤，生在摩羯座，差不多就拿到一半的信任，她腦中的摩羯座都有準時的特質，「而且你火星在天蠍，說一是一，不會隨便消失。」

「我都爽快退費，扣除當年稅額再還。」

天地明鑑，當初我是接了案子，但沒人告訴我該做什麼，錢就一直停泊在我戶頭，我也沒留下明確空檔，一年後就整筆退還，天地良心沒賺到這筆編劇費。訂金來了又走，我也千百個不願意，而且一般公司都付得起這幾百塊的稅吧，何苦為難個體戶？

當然有人說，你還沒工作，我怎麼知道你寫得好不好？但你去路邊吃碗麵，會跟老闆說，我不知道你這麵好不好吃，不好吃就不付錢嗎？寫得好不好是觀感問題，我如果寫了，至少付出勞力，頭期款就是我應得的，至於第二期如何，有待進一步觀察。倒是如果劇本寫好，結果案子不開了，我找誰討回這幾個月的時間？

於是我幫招搖撞騙投機客，建了人渣資料庫，這些人總讓我在麥田旁邊的懸崖一直跑，對寫作懷抱夢想熱情的年輕人一直來，但是這樣也沒用，懸崖還是迷人得不得了，我勸過另一名自由工作者，跟她談合作的人，名列我的人渣資料庫，我說，你快逃吧，我身邊已經有受害案例，說好的酬勞大縮水，後來沒人敢合作，倒像是欠她錢一樣。

「可是她說沒人要幫她。」

沒人要幫她，事出必有因！這是我聽過最離奇的理由，但我相信她不會是最後一個受害者。不管她最後賠上了稿費還是尊嚴，還是兩者都是。

我不相信才子可以怎樣，你有才華我也有啊，現在是厚臉皮大賽嗎？附帶一提，能在這個圈子混，誰沒有才華？這是基本門檻好嗎？

「現在專職寫作的收入多少？」一文學院教授問我，因為他的學生總問他這個他答不出來的問題，沒想到我有這個機會為教授解答。

先說結論，23 K。

王聰威在《作家日常》創造了虛擬一哥，出書、演講、評審和寫專欄，我的情況差不多就是那樣。我雖然有記帳，但最近報稅才知道自己拿的是稿費、薪資還是執行業務所得，而且記帳無法解決收入不清楚的問題，因為從完稿到銀行入帳有十天到三個月不等的空窗期，如果這段期間被跳票，可能連作者本人都不知道。有的單位當場給現金，但車馬費收據另補。更多人則是到了現場以後，發現沒有酬勞或少得可憐，甚至有受辱的感覺。欸，這種事不是一開始就要問了嗎？

後來，我得到一件寶物：自由文字工作者的收入表格，三欄分別寫著文章標題、完稿日、入帳日，逐月列出。我終於知道自己這一年寫了什麼，要討債也知道找誰，或是哪篇文章寫了但沒得獎（收入直接標註為零）。

「之前催我稿，寫完了我總可以催款吧？」資深文字工作者說。他公布了無碼高清表格，每一條收入都看得清清楚楚。（見頁六九）

沒錯！重點就是入帳日期！雖然我盡量不讓人催稿，而是一開始評估時就延後日期，或直接拒絕。相對地，對方最好也不要欠錢。以出版書籍來說，交稿到出書可能隔了半年（這算是平均值，我聽過三年五年的），出版後三個月內給支票或匯款，但有出版社給的是三個月票。那表示出版三個月時，你才會拿到支票，匯入帳戶以後，也要三個月才能領出來。這樣從交稿到取得款項，就隔了一年。

其他邀稿不用等這麼久，但編輯忙著追討各種截稿日期，忘記幫你匯款也是很正常的。如時交稿後，問一下何時匯款，時間到了，或是集滿三張支票再前往銀行，就可以再問一下。如果三催四請還不改，這個合作對象可以扔進人渣資料庫，以後遇到其他自由工作者的時候，請務必同步交流更新。

我問資深文字工作者，「好相處」的定義是什麼？他說，應該是解決雇主問題，而不是百依百順，因為雇主的要求常常不切實際，按照對方的

2018 寫作演講	收入	入帳日	交稿	
五月				
〈人渣資料庫〉邀稿	1111	5 月 9 日	5 月 2 日	郵局
××× 文章授權	2222	8 月 15 日	5 月 3 日	A 銀行
AAA 文學獎	3333	當天	5 月 4 日	現金
BBB 大學演講	4444	5 月 17 日	5 月 5 日	現金
CCC 書店演講	5555	當天	5 月 6 日	現金
CCC 書店車馬費	666	??	5 月 6 日	A 銀行
總計	17331			

* 收入支出表

方式根本行不通。原來如此，這兩年我一直誤會自己是壞人，其實我超好相處的呢。

但根據我的經驗，說自己好相處的人絕對有問題。

沒遞名片也沒關係，只是容易被忘記

友人前陣子打開抽屜，名片只剩半盒，心想用完之前一定能找到新工作，但現在年底了，名片夾只剩十八張，根本不夠應付這個月的活動，年底這時換工作怕領不到年終獎金，就認命申請兩盒吧。

「怎麼不多申請一點？」主管問，但友人才不想留這麼久，回答夠用就好，誰知道這份工作能做多久。

我自己設計的名片什麼頭銜都沒有，「專職寫作」也沒有，只載明手機、電郵、地址、網站。快發完的時候，忽然接到工作，心想主管都不怕了那我怕什麼，反正本來就沒有年終三節獎金勞健保，進公司也沒什麼好損失。第一天進公司，大家連 Win10 該怎麼用都不知道，花了一整天才完成設定。

「你很久沒進辦公室了吧？」旁邊同事問。「三年沒進超緊張！」我答。

「我也是，十三年沒進過辦公室了。」「我十年了。」同事紛紛回應。在前輩面前談何久遠，我根本是自由寫作界的幼幼班。

後來跟一位編輯交換名片，其實我們早就認識，曾一起搭飛機參訪一週，但不知道是工作需要還是機會難得，他講起最近策劃的專題神采奕奕，比我們同行的整個旅程還多。之前雖然住在同一間旅館，吃同一桌飯，但幾乎沒有講上任何話。原來他還蠻能講的。他最近換了工作單位。我說：「是全新的名片耶。」他笑答：「這工作不知道能做多久，想做的題目就趕快做。」原來這種自暴自棄的名片，其實很普遍嘛。（一年後，這位編輯果然離職了。）

我想寫的很多，但敢厚臉皮去調查的動力很少，現在有了「工作不得已」的覺悟，又有人支付差旅費，難得有這種小便宜可撿，那就不客氣了。上班族的幸福取決於各種貪小便宜，倒不是團購光棍節特價商品、把公司文具帶回家、食宿報帳這種明顯的地方，反而是透過發問、製作專題這些手段，證明自己的存在感。

但現在這樣，我就不能說自己專職小說寫作了吧？雖然幹的還是寫字活兒。其實我先前的補助款也領得戰戰兢兢，分三期付款。寫到一半，規定寄給評委審查，但三個月過去了，期中款和意見都還沒來。是寫得不好？還是難以卒讀？剩下的一半更難，萬一無法寫得像企劃書那麼好怎麼辦？資深編輯說：你怕什麼？你該問的是評委有在寫嗎？上次寫小說是什麼時候？你們有資格審我嗎？我才是現役作家！

——這樣發言真的可以嗎？

但小說家大澤在昌也說過，作家不寫以後，不是成為前作家，而是變成「普通人」，完全喪失作家的身分。編輯這番鼓勵，夠我把這個故事寫完了。補助是故事必須被完成的理由，就像正職有明確的期限和要求，不管做得好不好，原則上都能拿到薪水。

「我為什麼要寫這個？」

回答若是「工作需要」、「主管交代」、「為了年終」，那都是便宜的應付話術，領的報酬沒多少，但足以停止質疑自己為什麼要做這件事，做得是不是不夠？但有時候，做著做著就忘了，然後到了年終，覺得這些事做起來也不壞，不如再申請兩盒名片吧。

作者要準備照片嗎？

「我去接口譯的工作，初步條件都過了，最後對方要我寄照片，我寄了一張生活照之後，就再也沒有聯絡——請問，要去哪裡拍形象照？」一朋友問。沒過幾天，另一個從事舞蹈的朋友問我：哪裡可以拍形象照？我以為只有作者需要照片，但也不是每個作者都需要吧？但是我錯了，照片這東西，似乎跟名片一樣是必備品。

就算書本折口不放，活動邀約也多半需要，公家單位辦活動習慣先問再說，但作者真的不想放也行，否則像臉書那樣放隻貓或兔子，搞個剪紙藝術或漫畫圖像——除非你的作品就是這些元素，不然一定會造成編輯和行銷困擾，所以出版社告訴我：「很多作者真的給我生活照，我還要想辦法裁切，請你告訴那些作者，交些好用的照片來吧。」

剛開始，我還沒出書，也不知道哪一家出版社要出版我的書，就拜託會拍照的同事帶相機來我家，畢竟沒錢找攝影棚，我只要有兩三張能用就好了。結果第一次使用，就用在雜誌封面，據說是最強新人打造術，臉書和好久沒聯絡的朋友一度懷疑我用APP製作，為何會上封面呢，這件事至今還是我人生的懸案。

後來認識專業攝影師，說他既然能把少女拍得這麼美，那可以幫我拍拍看嗎？這回我找了網路上各種作家照片，畢竟我的作家和他的作家，定義可能不同，還是先找好放在資料夾，給他參考構圖，我也想好基本動作姿勢，凝聚雙方共識。

另外，既然我是新手，那文宣品的預算大概也不高，黑白照拿去單色印刷可以減低臉糊成一團的風險，又帶有某種經典感，使得構圖更加突出，對自己的長相若有任何不滿意的地方，也可以趁機淡化。

拍完了，照片檔案也歡天喜地拿到了，但我才在寫作的此刻發現，我犯了自由工作者的大忌——沒有給人家錢啊啊啊。至少，也該請這位朋友吃個飯吧。

後來跟人像攝影師工作，他說現在手機發達，新手作家可以先找個會拍照的朋友（或是朋友的朋友），誠實地告知預算，若真的需要攝影棚，就由作者出資，攝影師友情協力。若真的對照片風格毫無頭緒，搜尋關鍵字「人像」＋「景深」，看起來就有點厲害了。

要提醒的是，一般採訪照，除非經過攝影師或公司同意，否則不能用，畢竟他們出機一次，公司起碼要付五千元，這些檔案也算是公司財產，就算私下提供給作者，通常也不能作為形象照公開使用。

當你終於有了形象照，別忘了提供照片時，標註攝影師的名字，他們會很開心的。

合約是照妖鏡

「為什麼你可以在沒人期待的情況下持續寫作呢？」

久別重逢的學姊轉換跑道，做的是電影，但她問了我才發現，過去大家會說某某是「備受期待」的新人，但到底是誰在期待呢？這不過是一種修辭罷了。新手作家成為舊人以後，我前後看了看，確實在寫作的這條路上，除了編輯以外，才沒人在等我呢。如果寫作是一場馬拉松，沒有觀眾會在終點歡呼。「沒人需要我，但我需要寫作。」意識到這點之後，我突然海闊天空，確定整個宇宙都不能阻止我了。

另一個奇妙的問題則是：「文壇在哪裡？」

這個問題我想過，但從來沒親眼看過，具體來說不就是編輯、採訪記者和各式各樣寫作的人嗎？但事情好像不是這麼簡單，這個問題也伴隨另一個討厭的問題：「市場在哪裡？」那些不懂創作的掮客，最喜歡說這個了對吧？「市場」、「社會」是我走在路上會碰到的東西嗎？不會嘛！如果市場就在我家旁邊，不用你說，我立刻就去。

我所看到的，就是聽故事的耳朵，敲打文字的手指，印表機吐出的紙張，以及修改的痕跡，難道這樣還不夠嗎？如果真的有文壇，在這裡講話的你我，難道不能挺起胸膛說，我就是其中一員嗎？

根據「中央政府各機關學校稿費支給辦法」，中文撰稿費率是0.68-1.02元／字。在一場文字工作者的聚會中，資深文字工作者就像是編輯訓練大師，手把手交代，文字工作者除了稿費，還要詳列企劃費、交通費、餐費，這不是為了浮報收費，而是讓外行人了解，採訪工作不是出門喝咖啡聊天，回家隨便打字就好了。難道事前不用閱讀資料、採訪時可以放空發呆嗎？還有，採訪大多不需要逐字稿，提出這種要求的雇主請另外想辦法或增加預算。

現在的勞工，必須訓練雇主。

就從合約開始好了。

白紙黑字，拿出來專業形象加分，讓人知道我們不是第一天出來做事，也是對雙方的尊重，不然要寫到天荒地老？網路有各種版本，新娘祕書和裝潢水電有合約，你說工作期程長達一個月或數年的文字工作怎能不簽約？

合約也有惡靈退散的效果，有人一聽到合約，立刻消失，等級高一點的怪還會強裝鎮定說：「我跟你的交情還要合約嗎？」「何必計較這一點小事？」

就因為合約是小事，合作是大事，所以從這點小事就能判斷對方是人渣或其他。如果需要聊聊，兩三次也可以亮出底牌，不然出來聊天，不用花錢花時間嗎？

如果你臉皮薄，覺得不簽約，大不了不拿錢，這樣想就太天真了。

不只電話和網路有詐騙，寫作的路上也有，掮客天花亂墜開支票：

「我們這個在大陸一定會賺錢」、「這是給你機會」、「我在趕稿」、「我最近不方便」、「我的帳戶被凍結」、「我們先開始新的案子，之後再一起結」、「你寫這麼爛我還要給你錢嗎？」

還沒入行，你的尊嚴就被踐踏了，連職業災害都沒法申請。

你願意給我「機會」，那很好，不給也沒差，看來你不知道我是誰吧？我本來就不是主流，沒有比小說（好啦可以換成其他文類）更孤獨的行業了，同代人（包括作者自己）不一定了解這部作品，但又只有你自己知道，應該走到什麼境界。

合約是第一層檢定，你的文字作品是否會掛上你的名字？（除非你不想為那份作品負責，但也有人說那作品成果太糟，絕對不想掛名。）作品是否必須透過出版社或媒體平台，才能進行影視漫畫授權？（其實這年頭網路很方便，許多合約只是二十年前的制式規格，傳統媒體尚未分工得如此詳盡，你不覺得製作公司透過臉書或官網找作者本人，可能比出版社還快嗎？）一份合約效期大概五年，如果沒註明，很可能是賣斷綁死一輩子。另外，如果出版社在合約到期前倒閉了，五年後這本書可以拿回來給別人出版嗎？還是永遠成為懸案？很多合約也要在約滿前一個月通知出版社，如果忘了就會自動續約。

至於姓名權與肖像權，這把賭注可能比作品本身的權利還危險——這才是所謂的賣身契，這對於拿本名來出版的作者更要慎重考慮，是否想過合作單位拿你的照片、姓名來宣傳，結果大家都以為你名利雙收？發完新聞稿之後也懶得通知你一聲，結果內容根本是錯的。當文字工作者有了維護權益的意識，我們才能進行下一步。

後記：各式合約範例，見文末QRCode，僅供參考。

欲知各種合約範例
請掃我

除了開價，還要確定的是……

「最近接了一個案子，老闆說錢沒問題，但我不知道費用怎麼開？」比我更新手的新手文字工作者傳訊息來問我。

「算時薪啊。」我說，就像當年廣告公司資深同事那樣回答。

新手上路，剛開始不知道寫一篇文章、採訪稿要多少時間——但我可是專業的！就算不是專業的，也要假裝很專業，這樣業主就會信了。後來常常接到很趕的稿子，一個小時寫個八百字，放著隔天修一修，交出去就好了。在文字這個市場，除了編輯，很少碰到改稿專業的上司，因為雇主常常是半路出家，改稿只為了「證明我是老闆」，只好講些「你把電影劇本寫得像舞台劇」、「劇本寫得像小說」、「小說寫得像散文」的泛泛評論——請問你是戲劇系、小說評論家，還是散文寫得好但我們不知道？因為編劇的專業通常是編劇而不是小說，小說家也不見得個個都精通散文，所以遇到這類聲東擊西的招數，往往不知道怎麼反駁，要知道，現在散文也進化了好嗎？這類慣老闆只是愛講，很少判斷得出稿子好壞，問他上次產出的文字，大概是聯考作文吧。

回歸正題，這位新手文字工遇到的是，不缺錢又願意付錢，很接近完美的雇主。

所以，既然你誠心誠意地問了，我就大發慈悲告訴你吧。

以採訪稿來說，行前要閱讀資料，讀書或看電影（如果讀得完）起碼要三天。蒐集網路資料兩天，人家問過的問題不用再問，除非你有把握問出新鮮的回答。出門訪問不是喝咖啡聊天那麼簡單，來回車馬費和餐飲費跑不掉，抓個五百元，通勤時間算兩個小時，訪問進行兩個小時，要花費一天時間。還沒開始寫稿，已經做了六天的工。

好了，我們詳細編列七天預算，雇主一定會認為你灌水浮報帳目，於是進行一個砍預算的動作（因為雇主要「證明我是老闆！」），我們不囉嗦，立刻壓縮品質，書別買了，看看網路書店的介紹就好，跟受訪者不要碰面，電話訪問更快，需要照片叫受訪者自己提供，寫完也別修，直接交出去。以為兩千元可以買到一篇採訪稿的雇主，頂多得到這個。

從前從前，聽說進公司有員工訓練，但到我這個時代，報社失去了影響力，媒體幾乎靠著個人意志、眾志成城。作為文字工作者，戲棚下站久了是你的，但雇主呢？除了那些成功學的書，沒人告訴他們怎樣的文字是好的，以為那是國文老師的責任，也沒人告訴他們要怎麼當個老闆，除非老闆主管自己下海，否則再也沒機會讀書。

然而懂得估算自己的工作能力，也會遇到「長輩」的障礙。

這些長輩有名銜、有作品，也有實質影響力。所以長輩請你幫忙什麼事，覺得是應該的。但仔細想想，沒有合約也沒有價碼，就算是一字一塊或者義務贊助，其實也該說清楚。這位新手勇敢地問了長輩，稿費究竟是多少，他說：「那之後，長輩再也沒有按我讚了。」聽到這裡，雖然我是刪了一千多個臉書好友的勇者，但不知道得罪什麼人的感覺也很可怕。但我刪友之後，讚數沒有變少，這點令人蠻意外的。

為了訪問被我加的朋友，一定也不想做壞人吧，即使採訪結束，依然維持朋友關係。很多同事為了採訪，養了另一個帳號，避免受訪者循線來追。（我本身受訪也會做同樣的事，確認採訪者的寫作風格。）但即使做到這個程度，受訪者也常常會來指定要加個人帳號。為了採訪，我改過網路暱稱，不然正經的人看到「忽必烈」傳來訊息，一定會當作罐頭廣告。為了不被丟進陌生訊息，加友是必要的。所以我決定，受訪者要加就加吧，我也懶得管前台後台。反正加得快，刪得也快。刪了一千人以後，動態塗鴉牆都是基本知道的人，如果真有誰想認識我，卻被我不小心刪掉的話，一回刪，二回熟，未來再請大家多指教。

「最後，分享一句話給學弟妹吧。」採訪我的學妹說。

某次跟過去的同事和老闆聚餐，前老闆笑說：「終於要扮演社會賢達的角色啦。」現在我終於懂了是什麼意思，臨別贈言讓我陷入長考，盡力不要坐進一個確定的位置，那非常無趣。但如果有什麼非分享不可的，那就是，作為文字工作者，我們吃過的虧，別再讓後面的人吃了。

「雇主的教育不能等，自己的雇主要自己訓練。」我在鏡頭前唸完這句超難唸的贈言，採訪的學妹就可以收工了。於是要結帳的時候，我隨口問：「咖啡和點心是報帳吧？」

「其實我不知道……」

「什麼?!你稿費根本就不夠付，難道你稿費很高？」

「一千字六百元。」

「0.6根本就不合理！請你反應上去，立刻去教育學校！」該不會來個一千四百九十九字，以一千字來計算的模式吧？

「我知道很低，但這份工作可以接觸學長姊……」

「就是這種自我剝削，文字工才會這麼慘。」

沒想到我的贈言馬上就用到，採訪是專業，低薪是一回事，但用「拓展視野」這種理由來消費年輕人，很抱歉，我不能接受。採訪不是只需要稿費（而且0.6要怎樣），還有車馬費和實報實銷的餐點費，希望學妹馬上去教育雇主（也就是我們的母校），如果學校不帶頭做，以後這些學生成了雇主、企業主，也永遠不會尊重專業。

後來有公部門工作的朋友說明：訪談非「自創」，無法適用稿費，只能作為「編校」，因此每字0.6元。比較合理的做法是時薪計算，費用通常差一倍，但至少可以支付餐點和交通費。

我這才見識到制度落後，當薪資凍漲、實習無酬變成常態，體貼的計畫主持人和研究助理可以把制度放兩旁，守護文字工應有的權利。但如果大家都是新手，忙於應付別人的要求，很容易就忘了自己。台上一分鐘，台下十年功，等到有一天，大家終於看到作品，終於付給作品報酬，卻忘了作者吃了十年的土。

不知道我接受採訪時到底說了什麼，讓採訪我的人說：「沒想到作者比採訪者還窮啊。」然後問我要不要接採訪稿。後來我搞懂了，採訪是市場有需求，小說是進階的奢侈品。因為作品本身就是人生整理的成果，媒體最喜歡用創作者填充版面，因為該反省、該揀選的經驗都完成了，這種專訪多半是錦上添花，曝光再曝光。因為你帶起了浪頭，他們只能跟著走（或對著幹），如果你不帶，最壞也不過炒冷飯。

那時我一心一意累積經驗值，所以不問稿費多少，面對一字一塊的採訪稿酬，我終於（大概三次）覺悟這不是合理待遇，本來想掰個找到正職工作的理由逃脫，但文字工專業戶提醒我：「這樣只有你全身而退，以後還是有人被壓榨。」

我決定回信豁出去了，抱歉這稿酬於我不合算。過了很久，久到我都忘了有這回事，編輯來信，我以為是要說謝謝指教，以後再聯絡。結果是說這一季開始，採訪稿從一元調到一．三元。天知道編輯大人做了多少努力，或許就像電影《0.5mm》說的：

「被逼到極限的人，他的光芒就會超越極限，那是能夠移山的力量，山就是人的心靈，也許只能移動〇．五毫米，但這些數毫米聚集起來，朝一個方向移動的時候，那就是革命的開端。」

〇．三台幣大概是我（或許還有其他反映者）所推動的距離，原來這世界真有那麼一點點可能，會朝向正軌移動。稿費根本不該按照字數來算。限於版面，編輯可以估計大約字數比如兩千到兩千五百字，一篇多少錢。但若一定要按照字數來算，起碼一字兩元，五元也在合理範圍。（這是二〇一八年的狀況。）

作為寫手，你接案之前，是否確認過這些事項：

一、數字有關：

・稿酬

・出版社版稅通常落在 8 至 15 %，會計應每半年結算，提供版稅結報單。（或是整本賣斷。）

・篇幅
・支付方式（現金、銀行或支票）
二、時間相關
・截稿日
・（與截稿日相對應）支付日期
・預付金最後支付時間點
三、內容相關
・標記作者名稱
・修改次數（一般來說，三次為限。）
・授權範圍（全球或中國台灣馬來西亞新加坡）
・電影、電視、有聲、舞台劇、遊戲、漫畫改編
・不得轉讓第三者
・分潤、抽成方式
・著作人格權、著作財產權
・刊登範圍

過去的自由文字工作者多半在公司上班，有一定的資歷與口碑，懂得一件案子如何循環與細節。但現在即使有了網路，這些資訊仍相對不透明，案子說沒了就沒了。建議拿到預付金作為時間保障，即使要退，過了期限，也能扣除所得稅後全數歸還。

雖然作為自由文字工作者，我的經驗只有兩年，但無論資深資淺的人都同意——成名不易，搞爛容易。有人願意發案子給你，然而案子內容不清，還是全速逃跑吧。要寫自己的東西就去寫，不用委曲求全，壞了整個市場。自由文字工作者也是有尊嚴的，不要跟自己看不起的人合作。

你都覺得這人作品不對勁了，就算你再厲害，也沒辦法起死回生。跟討厭的人合作百害無一利，如果想要做功德，不如讓他們認清，自己真的不適合作這一行，早點離開才是正經事。或者，生命自會找到出路。他一定有比你更好的合作對象，你也有比他更好的對象。快逃吧！

不廢話的邀稿信

解決一個邀約，又有朋友收到邀約要蓋章、要同意，回信詢問細節，結果連要做什麼都不知道——我聽說過某場地邀請講者還要出版社付場地費，行銷大發雷霆，感覺就像人被祕密處決還要收子彈費。但人家好歹是有頭有臉出版社，換了個第一次自費出版的作者，不就傻傻掏錢付費被坑了？

我收過電子郵件寫著「若需稿酬還請告知」，陌生訊息匣有提出合作的人說「可以上網查詢我的資料」，傻傻的我真的上網求證，回神才想到，我有時間查證一個不知道來歷的人，不如寫篇文章分析亂象，省得所有自由工作者都要白白折騰一番。其實搜尋「邀約信」三個字，可以查到陳夏民不藏私超俐落的文章，若還是不知道怎麼開場，容我用虛擬一姐以邀稿、演講、改編三種情況作為範例說明。

虛擬一姐您好：

我是〇〇公司的專員陳又津，冒昧打擾您，我從劇團 A 君那邊獲得您的聯絡方式。不知道您是否有空——

（邀稿）

為〇〇刊物撰寫一篇約一千五百字左右的文章，分享您對×××的觀察，稿費為×元，〇月〇日之前交稿。稿費將於交稿後兩個月內匯款支付[1]，再請您提供郵局或銀行（需要分行）的帳戶、身分證字號及戶籍地址，若是××銀行以外的帳戶則需扣轉帳費[2]三十元。

（**演講**）

到嚕嚕書店分享把黑貓養得又黑又壯的心得，時間是〇月〇日晚上七點到九點，費用為三千二百元[3]。往返的高鐵或計程車等交通費實報實銷，計程車車資請向司機索取收據，我們會提供回郵信封，讓您將車票與收據寄回，以利後續報帳程序。講座鐘點費及交通費皆於演講結束後一個月內支付。

（**改編、劇本**）

邀請您將作品《新手作家求生指南》授權改編或參與編劇工作。我們的製作團隊有得過金嚕獎的導演張三，公司近期開發專案為校園喜

---

1 付款期限很重要。你敢跟人家說截稿日，那自己也要準備好付款日，先去問問會計吧。

2 我常常對帳發現數目不符，才知道這樣被扣去。

3 但我私下調查過，新手作家的期望值是五千元。

劇、公路電影等類型。合約、付款方式及詳細製作團隊名單請見附件。

以上，期待與您有合作的機會，煩請您於×月×日之前回覆[4]。若有任何表達不清楚的地方，歡迎您隨時聯繫。

祝 安好

陳又津 敬上

手機：09XX-XXX-XXX

EMAIL: XXXXXX@gmail.com

第一回合的邀約信差不多就這樣，就算這次沒約成功，至少也可以得到明快的拒絕。祝福大家有美好的邀約。剛才打開電子郵件，搜尋「邀約」發現自己真的受到好多照顧，我這篇不過馬馬虎虎，更有許多邀約信寫得情深意切，叫人覺得拒絕會遺憾終身。但如今許多編輯、行銷都離職了，一時千頭萬緒。只希望創作者別再吃土，懷疑自己得到剝削的價碼，雙方也別在那邊來回試探。這篇文章不用徵得作者我本人同意，歡迎大家轉貼助印、複製貼上，功德無量！

4 如果不訂回覆日，人家在你出版以後寫了熱騰騰的稿子來，那就糟糕了。

如何拒絕邀約

雖說作家大澤在昌交代不要拒絕任何邀約，但我發現，這年頭拒絕可能比接受還重要。我作為編輯那時發出邀約信時，也是戰戰兢兢，如果推薦人確定不接，建議也給我一個痛快！萬一封面、內頁都排版好了，就在印刷廠製版前的千鈞一髮，推薦人忽然興高采烈地說我寫好推薦文囉。也只能求爺爺告奶奶，拜託設計重新設定書腰，內文也要再三確認，至少名字和頭銜不要出錯，但忙中容易出錯，你的拒絕對小編來說未嘗不是一件好事。

公版信參考：

××您好，

我是○○，感謝邀約。

1.來不及的狀況：

可惜我撰稿的時間較長，最近工作時程爆滿，恐怕無法趕上作業流程。

2.題材不適合：

可惜我對於××領域較為陌生，最近主要寫作○○相關的故事。

3.詢問細節：

不知道您是否方便告知：日期、時間長度、講師費及跨縣市車馬費，若需要報帳，請提供統一編號？（車馬費這點可說是千變萬化，有的地方需要附上車票，有時是購票證明，或是什麼都不用直接給你台鐵來回費用，或是附上加油單據，有的要統編，有的不需要，有的會支付車站到當地的計程車資，上車前記得要問司機有沒有收據，沒有的話，回程再努力一次吧。）

希望將來還有機會合作。（如果想合作的話，不想合作就別寫這句客套話了，不然對方可能會為你延期，或是發出別的稿約，有時意外獲得更適合你的邀稿。）

再次感謝邀約。

祝 安好

〇〇敬上

要跟別人合作嗎？

寫作通常是一個人的事，但如果欣賞的作者邀請你合作？景仰的老師邀請你為他編劇呢？老師的情況比較複雜，畢竟作為學生，你剛開始的時候一無所有，有人領進門，好像比自己衝進去划算。但也有人發現，跟劇團中途停止合作，自己在完全沒被告知的狀態下，偶然發現舞台上演的就是自己的創作。當然，作為參考或加以變形，這個界線十分模糊，每次劇本也都是上演前才臨時改好，那時候也沒有閒情逸致去通知相關貢獻者。但如果一開始就不確定資源是否充足，那為什麼要剝削最底層的學生呢？

如果，你在寫作的路上，偶然發現了你跟誰意氣相投，忽然覺得一拍即合，雙方簡直要義結金蘭的程度，就直接開始寫了。不過寫作也像是擂台，上了場，必然要面對大家的目光。一定會有誰說，誰比誰好，誰比誰差，就算是年紀世代相近的寫作者，寫作理念也常常是不一樣的。如果在寫作初期，自己的想法都還不穩定，我大概不會跟別人合作。但跟別人合作以後，看到跟自己截然不同的作者，好像意外得到了很強的諮詢對象。

因為我是感覺派的，著重的都是場景和細節，資料對我來說，比較像是觸媒的存在。但對著重歷史的寫作者來說，史料本身就具有存在的意義，而這也是他們寫作論述中非常重要的部分。

剽竊事件也很有可能發生在創作和演講中。只是發生在我們眼前時，我們卻不一定會立刻知道。曾經有人問我，如果自己的作品被抄襲會生氣嗎？我那時候還沒出書，只覺得越多人被我傳染奇怪的思想越好啊。但如果會影響到自己的實質收入或利益，那只好追究一下。

但畢生要為一種理論發聲的作者，他們的理論支撐著他們存在。不是別人不能夠引述使用，而是使用時，應該標明出處。對於記憶力不好的我來說，我也只能大略述說，在某個地方聽過，沒辦法像他們那樣引經據典，直接標出資料來源。結果，當大家的論述都建立得差不多了。我才發現，為什麼我都沒有被人引用呢？沒被抄的我，意外有點失落，故事的力量，應該是每被訴說一次，效果就更強一分。歡迎大家盡量來抄我啊！結果合作夥伴說，因為故事是很難抄的，那需要說書和表演的技術，理論卻是可以越來越完備。

最後這本書終於完成了，不管是否能夠趕上出版期限，我們都希望每個人都沒有遺憾。幸好我們在一開始，就挑選旗鼓相當的寫作者（不，也有可能是我拉低大家的水平）。後來我聽其他創作者說，如果要像母雞帶小雞，鼓勵沒有信心的超新手創作者，情況就會完全不一樣。

最後，我們要出書了，大家開會，看到合約初次現身的各位，瞬間就簽名了。只有我，要拿回去跟其他合作的發表平台討論，以免自己重複授權，最後挨告，那就冤了。不然大家都簽了，我還有什麼不滿的？但我個人秉持著，無論是什麼情況，絕對不要當場簽約，出版又不是百貨公司大特價，需要相信這種話術嗎？

稍微修改以後，出版社和平台雙方都沒問題了。只有我發現合約年限，竟然是十年。在一個新書期只有兩三個月的時代中，我連五年都嫌太長。一本書常常超過兩年以後，就會斷貨不補書。作者想要自己印出來分送好友，因為合約恐怕都沒辦法。既然我做壞人做習慣了，反映之後，全體從十年下修到五年。

新書出版了，接下來就是分享會，只是夥伴們散居各地，平常也不見得會見面。至於分享會，作者通常沒有任何費用，只有與談人有基本的演講費。出版社一般而言，會補貼高鐵和計程車費。

遇到一般演講合約，若是第二封信還不講清楚日期、時間、講師費、交通費，根據我的經驗，肯定是不妙，也不一定要回信。但是一起努力寫作的大家，從台灣各地趕來，如果我還計較這一點，是不是太囉唆呢？所以，大家都是自掏腰包，義氣相挺——事後回想，我應該幫大家爭取才對。

就算只是戰友約吃飯，算來戰友的戰友等於是我的朋友，大夥包個一兩桌認識交流也很好。然而，有時也會發展到「我以為是吃飯」，「別人以為是表演」的情況，心想反正有戰友在沒什麼好擔心——等到開始擔心的時候，已經無法收拾了。所以說跟別人合作這種事，我終於有了一個結論，也許一加一不是等於二，而是等於○喔。

再會，三少四壯集專欄

「你有專欄嗎？」

知道我出書之後，國中同學這樣問我，似乎是想找個地方訂閱支持。

我說沒有，但覺得好像要有個專欄比較像樣。她可能不清楚長篇小說、專欄、連載的差異，但是她說得對，專欄或臉書的存在感很可能比書還持久。

我試著寫網路專欄，編輯說：「希望你創造自己的浪頭。」但一篇文章發了，我只學會別去看底下留言，網路留言太容易了，可以追溯讀者資訊，看見具體的讚數、瀏覽量。既然滾輪很長，頁面很短，忍住，關掉它就好了。

結果議題來了，我卻把手放在背後，知道一定有人能站上浪頭，告訴人們現在該往哪裡去，以怎樣的態度看待這件事，被拯救的感覺太好了，但好得有點像考卷發下來，有人幫我填了正確答案。

我可不想幫任何人填寫答案。

「你看過〇〇〇這本書嗎？」

有人問我對同輩新書的評價，我說路數不同，沒有評論的資格，只好說聰明人寫聰明書，我是喜歡的。笨的人寫笨，也呆得可愛。但笨的人寫聰明書，很可怕。聰明的人裝笨，更可惡。大致來說是這樣。

只是二〇一六年夏天還沒到，至少有三個主編離職。該不會是我命中帶衰，害了這些人吧。

首先是主編約了我和另一個專欄作者吃飯，不過這個主編和打電話向我邀稿的主編不同，也就是說，把我找來根本不是現在主編的意思囉？

「因為他退休了——」

現在的主編說，從前他來人間副刊做工讀生，機車快遞不普遍，編輯要去作者家拿稿子、跑腿，真的十萬火急也用過計程車。「那時的人間副刊，如果一連七天刊載某個作品，那人就算是成名了。」原來楊德昌電影的《恐怖分子》不是虛構，真的有人因為文學獎一夕成名。

以前讀三少四壯集，覺得很遙遠，總懷疑自己活不過二十歲，至多不過二十七，就像什麼傳奇搖滾樂手。忽然，我的歲數就趕上三少四壯集了。有個神祕人士，寄信給同期專欄作者，因為他是週三，我週四。

據說在網路發達的時代以前，神祕人士就開始這樣做了。他讀過的文章，若有批評，會手寫信件寄到出版社、雜誌社、大學或副刊地址。只要在出版界待過的，幾乎都收過他的信。有幾個月雜誌沒收到他的信，還擔心他身體情況欠佳，幸好後來又收到了。雜誌編輯說，他在某個新書分享會，見過這個老先生，他穿著西裝背心看起來很和氣，跟手寫信的瘋狂口吻完全不符合，編輯聽到名字覺得有點耳熟，回家後才發現是那個寫信的神祕人士。

同期作者在大學任教，於是收到指教信件，書箋正面是給他的意見，反面卻是我的，他只好拍照傳來，使命必達。神祕人士看過我的〈人渣資料庫〉，對我的建言是，偉大的作家不該在意一字幾塊的勞動條件（結果我寫了這本書），否則有失文學的格局，後來就講起文壇太黑暗，我也看不懂，總之千錯萬錯都是文壇的錯。

回頭想想，同期作者跟我到底是怎麼寫到三少四壯集專欄呢？必然有編輯的信任，但唯一的原因，就是我們還在寫吧。就像我在文學獎學到，我即使不是寫得最好的一個，但也絕對不是寫得最爛的。光是還在寫，還在讀，還跟編輯一起眼睛過勞，這就是原因了。

我猜這多事之春早就開始了，農曆年後報社和雜誌內部重整，最後才通知我這樣分布在外野的文字工作者。我的專欄從週五合併到週四，其實我們跟報社根本沒簽約，是主編頂著兩倍的催稿壓力，硬是幫我留下版面。也可能是這年度的預算下來了，留下的編輯無論如何都想多幫助一個作者。畢竟為期一年、一週一篇、一字三元的高額稿費，在文字市場是很少見的機會，一個月算下來有一萬二，可以應付基本開銷。

但我自己從來沒訂過報章雜誌，收稿費也很不好意思，只記得小時候學爸爸翻開報紙，看看別人發生的事。現在想到什麼事，絕對是上網鍵入關鍵字，如果不夠，就去找書。《壹週刊》是社區連鎖咖啡店必備的讀物，但現在咖啡店轉作翻桌率高的早午餐店，沒人在那翻雜誌了。

「我很久沒買書了，但在書店看到你的書，翻了幾頁就買下來。」

聽到有人對我說這樣的話，我特別珍惜，因為我知道，我們不再像我們的父母一樣閱讀報紙，也不會像長輩一樣翻看雜誌，甚至在打開同齡人的臉書時，發現那是完全相異的同溫層——

遇到一本書，擺在讀者前面，這是實體書店才會發生的事。這樣偶然的善意，多麼得來不易。下次我該問一下是哪家書店，因為那家書店也很可能走入歷史。

看來，我們就是末代三少四壯集了。

那時候我每寫一篇，都懷疑是最後一篇。

我抱持這種覺悟，展開為期一年的專欄，這一年編輯人力不足，沒人寄報紙給我，我也常常忘了去買，還是靠社區大學學員每週四去圖書館拍照分享，我才見到真正的版面。有人訂了電子報，所以知道這些專欄作者的存在。寫作至此，已是跟自己的戰鬥，擅長的題材見底了，專欄和臉書生活的範圍重疊，等於用讚數換網頁點擊率。

最後一篇之後，還會有下一批新作者嗎？就算有，編輯也不會專程跑來告訴我們。結束後下一週，我們這群專欄作者沿著已經很少人點開的官方網站，循序漸進，再也找不到三少四壯集。比「錯誤404」（指向的頁面不存在）還慘，那樣至少代表頁面存在過。

「我沒找到。」「我也沒找到。」我們彼此確認，果然，十多年歷史的三少四壯集默默消失了，沒有人記得。等待曾是一種美德，一種話題，一種形式，所以才有連載、專欄和連續劇，總會有人在等待。現在沒人在等了，你要寫，就是你自己的事了。

輯三

文字工作者們

自由工作者一旦脫離上班的節奏，放鳥或記錯時間是常有的事，難道不能一邊編輯、一邊寫小說嗎？

編輯是紙上電影導演

小時候，不管是食品成分說明、用品文案標籤，還是書本最後的版權頁，都讓我覺得很神祕，尤其是出版社的地址電話、用紙、經銷商、出版日期，全部都是我不懂的專有名詞。

有一回，圖書館借來的亞森羅蘋被人寫上名字和電話，像早期的電話交友，看名字像男生，字不算難看，但是這留言也不知道他什麼時候寫的，現在說不定是高中生，早就不做這種幼稚的事——但人應該為過去的事付出代價，我立刻發揮國中女生的正義感，準備訓他一頓，用家裡電話打了過去。

「你好，我要找羅××，請問他在家嗎？」

「他不在家，有什麼事嗎？」

電話那頭是個中年婦女，可能是他媽媽。沒想到這電話是真的，這下我忽然覺得自己在惡作劇，慌忙掛掉電話。不過有陌生女生打電話，我看羅××也是凶多吉少。如果當時接起來的是羅××本人，後來的故事會不一樣嗎？

我可以理解，在頁面空白處寫下自己名字和電話——就像丟進海的瓶中信，希望在茫茫讀者中遇到另一個心靈。或許當時的我也不是生氣，反而是好奇，有誰跟我讀了同樣的一本書？

後來才知道，除了封面的作者，另一個神祕的職業叫作「編輯」。

從文稿變成一本書，就是編輯的工作。出版社裡面除了文字編輯，還有美術設計、行銷、印刷、業務、會計。這樣說來，編輯等於是紙上電影的導演。

「你的書是自己編的嗎？」有人問我。

果然被看出來了，作為編輯，我的程度不是很好。（作為作者，現在也不是頂尖的——我自己先承認好了。）我做編輯的資歷不到兩年，去新書會報也沒上過誠品博客來選書，頂多是香港誠品選書——這樣具體說明就知道我不是謙虛了吧。

「如果你說的編輯，不含發設計、排版、行銷的話——是我編的沒錯。」

後來我發現很多作者自己寫文案、發設計、排環島巡迴活動，像日劇《重版出來》有編輯和作者商量大綱和分鏡，一開始在雜誌發表短篇，接著開長篇連載，後來結集出版單行本，好評不斷的話就重版出來（成功再刷）——根本是不可能的事。

因為編輯已經過勞了。

翻譯書新手編輯如我的二十四小時是這樣的：通勤時間一小時，來回兩小時。早上十點到公司，六點半下班，我用第一個上班的代價，交換第一個下班的好感度，但下班打包的聲音實在太狂——出版社安靜起來，連你關機的聲音都會被聽到。老闆和主管還在工作，我竟然就要走了，於是使出金蟬脫殼術，只拿了錢包、手機、鑰匙就閃人。

同事在電梯口遇到一身輕裝的我，問候「要去吃飯啦？」而不是羨慕又悲傷的「要下班啦？」我也心安理得，廣義來說也真的是回家吃飯。比較尷尬的是，我這副模樣上班，在路上遇到同事，他們會用同情的眼神關懷我：「出來吃早餐啊？」看來，出版人在任何時間吃飯都不奇怪。

而且我還不時去領獎、去聲援、去開我家的都市更新公聽會，根本是個外務很多的編輯——但自從我發現領一輩子薪水，也買不起房子，就決定豁出去保護我家。但說真的，老闆好像沒差，她是愛書的少女，我把書做好最重要，這些顧慮說到底，可能只是社畜預設的慣性使然。

如果能在日劇《重版出來》的興都館擔任編輯，我能像五百旗頭敬那麼有型、跟作者突破難關嗎？務實一點，至少像小熊黑澤心那樣不顧一切，追著作者跑嗎？每次看著小熊跑步，感覺一定可以跑到終點，每一步都透過脊椎傳達到全身，但西裝底下的肌肉平衡收縮而不搖晃——這樣說可能有點抽象，但大家隨便轉開日劇看看愛的大奔跑，或比較五百旗頭的跑姿，就可以發現小熊跑起來多麼摧枯拉朽。

扯遠了，五百旗頭我不行，小熊大概也無法，等等，我根本連像壬生那樣和作者心有靈犀高喊「孟買恆河」也沒有啊。

這樣點名一輪之後——只剩下毀人的魔鬼編輯安井了。新人到了安井手上就像消耗品，業主一句改成雙馬尾，前面畫的全部不能用，編輯安井不會替你說話——如果我們還相信「正式」和「出版」，到此對出版社和業界的一點信任也會消磨殆盡。

我會成為安井的。

離職的時候我還沒看過《重版出來》這部作品，但我可能沒有太多耐性跟作者交心，再說，作者會信任我這樣沒有實戰經驗的新手編輯嗎？程度不好的編輯如我是這樣想的，如果想了解程度好的編輯，請直接翻開《天才柏金斯》（*Max Perkins, Editor of Genius*），還有博客來 Okapi 專欄「編輯、邊急、鞭擊」。

後來我作為自由工作者，業主要什麼劇情就給什麼場面，讓他們以為自己主導一切。要雙馬尾，就追加變身畫面，後面再合理化雙馬尾，反正業主是外行人，他們不懂角色的心，只是不懂裝懂下指導棋，重要的始終都是，少女「為什麼」綁起雙馬尾吧！從頭改也不是不行，再給我一次訂金，我就當作沒前面這回事，或找別人畫吧。專業工作者是消耗品，業主也是。

但是，從來沒出版任何書籍的我，無論如何都想追求「正式出版」，那也只能像東江絹一樣，畫完這次就不畫了——也許只是這個案子，也可能是一輩子。

但會寫的還是會寫啦，不接案子，做無關的工作，心中的故事還是會萌芽。同期的中田伯花了所有力氣出道，但能不能畫下去也是問題，畢竟讀者也只是把他當作消耗品，接下來一年、兩年、十年能畫出這麼強烈的作品嗎？東江絹儘管出道失利，多半也練成了案子成不成都沒差，活下去就是畫下去的無敵毅力，十年後未必不會捲土重來。

我的戰友說，她在某本書看過村上春樹剛得群像新人獎之時，聽到自己被批評，心裡打算類似「出一本兩本沒辦法的話，出個十本就可以建立自己的王國了吧！」

無論這個印象是不是真的，都很適合摩羯座。（如果有人知道這句話出處，也拜託跟我說，我要原句抄下來貼書桌！）不過那是出版的好時代，為新人冒險出一本書，出版社的負擔沒那麼大，現在發誓要出十本，也要編輯堅守崗位才行啊。

終於說到這了，我當然要談談《重版出來》當中，我最在意的角色：沼田渡。

沼田四十歲了，在漫畫大師門下做助手有二十年，從小因為會畫漫畫受到肯定，年輕的時候也順利奪得新人獎，只是編輯不滿意他的原稿，於是沼田一邊做助手，一邊修改原稿，只是這一修，就修了二十年。

他在這個漫畫工作室看過無數新人出道，自己卻無緣發表、連載、出版，最後回鄉下老家去了。不是衣錦還鄉，也沒有發生「母病危速回」，連同人誌自費出版都沒有嘗試，但從另一個同輩中田伯閃閃發亮的眼神可以發現，沼田的作品很好，只是遇到不適合的編輯，便錯失了出版機會。

但出版以後，難道沼田就會一帆風順嗎？（雖然後來他在日劇《你已藏在我心底》真的成為漫畫家）所有角色的遭遇都告訴我們：不可能。

我替沼田不甘心，不是因為他沒有出版，沒有多試幾次，而是大家都覺得他「不該」在首席助手這個位置，應該往前走，再往前走，但如果漫畫助手的薪資合理，沼田養得起自己，為什麼不能永遠留在這裡？

我們和沼田都被傳統的「漫畫家」想像給綁架了。沼田喜歡的，不是成為漫畫家的自己，而是現在這個在老師身邊、指揮助手，那個沉浸在漫畫一晃二十年的自己。

沼田是超高階的漫畫編輯，說到底作品不可能不經過編輯工作，無論有沒有實體的編輯職位，連網頁按鈕都有「編輯／Edit」功能。所以編輯如我等，到底為什麼要抱歉、要心有不甘？我們確實做出了好東西，就算封面沒有我們的名字也無所謂。

沼田的二十年之夢，會不會是我十年後的寫照？當實體書越賣越差，書店一家一家倒，再刷的機會越來越渺茫，我沒有老家可以回去釀酒，那時候出版社不知道還剩多少？我重操編輯舊業的可能性既然不高，到時我會後悔這二十年的寫作嗎？但我現在多想跟沼田說：「你沒有輸，只是喜歡就夠了。」

如果這世界上有一件事，你埋頭做了二十年也不厭倦，這不是熱愛，那什麼是熱愛？

喜歡漫畫、被漫畫圍繞——還有比這更幸福的事嗎？一定要像中田那樣，連編輯買好的超商便當都不吃，才是真正的漫畫家嗎？

沼田若是生在更好的出版黃金時代，很快就能上場，遇到採訪或得獎場合，只要笑笑回答：「我只是喜歡，然後就畫了。」現在沼田離開了，我卻覺得再等一陣子，漫畫之神會還我一個五十嵐大介吧？五十嵐在人生第一次結束連載之後，很長一段時間沒有稿約，後來回老家種植農作物——這樣就不必花錢買菜了，朝向根本的解決之道。

將來的事會怎麼樣呢？也許沼田就安靜釀酒，沒人知道這個從城市回來的男人做過什麼，如果小時候的玩伴沒走光，也許有人記得他小時候很會畫畫。也許他會畫本釀酒的漫畫，也許不會。——大不了，回來做首席助手就好了嘛。

我所知道的作者，不知道為什麼，幾乎都是研究所碩士畢業，這些人的小說不見得多有趣，但可以省去很多編輯工夫，這是我最近發現的殘酷事實。

我做編輯那些日子，傍晚六點半下班到十點這段時間，我必須完成通勤、跑步、吃飯、洗澡的任務，那陣子我還跑了半程馬拉松（二十一公里），也沒去報名（幾點幾分上網搶訂資格不是我的專長），就在三重體育場或河濱疏洪道公園一圈又一圈地跑。如果沒有每天跑，脊椎會痛得無法坐下，物理治療無效，別說晚上十點到十二點的寫作，就算有了腹肌分散脊椎的壓力，眼睛的肌肉也不行了。

但我還是聽到了，世界上存在為作者盡心盡力的編輯，即使作者不符合自己出版社的方向，就介紹別的出版社，對自己的業績一點幫助也沒有。這樣的編輯是最初的伯樂，幾乎要讓人用全部的寫作生命報答。然而區區一本書的版稅了不起六萬（定價×版稅率×首刷數量），根本養不起一個作者，何況是常態性的編輯？

那就接活動和演講吧。

有作者與編輯對半拆帳，這時的編輯像是經紀人，聯絡好時間、地點、酬勞和交通方式，作者只要專心準備分享內容。但也有作者擔心，自己接的活動很少，重心在學術或正職，那經紀人會不會太拮据？如此一來，經紀人手上必須有夠多講者，不然台灣薪資凍漲的每小時1600元，哪來的閒錢給編輯？而且自由工作者一旦脫離上班的節奏，放鳥或記錯時間是常有的事，沒有同事提醒果然有差。

最後，難道不能一邊編輯、一邊寫小說嗎？以我的情況，不能。

有的公司會監控螢幕，連臉書都沒機會上，出版社沒這麼誇張，況且通訊軟體本身就是聯繫工作的一環。但同樣都是word檔，滿布追蹤修訂的譯稿和全新的小說，看起來就是不一樣。所以我上班的時候，只求問心無愧，時間拿來處理稿件，如果做得不夠好，我也盡力了。在漫長的通勤時間，我常拿著紙條邊走邊寫小說片段，不知道的人還以為我在背英文單字。寫長篇小說真的太虧了，任職保險公司的卡夫卡確實過著常人無法想像的過勞生活——我說卡夫卡啊，你把遺稿託付給好朋友之前，應該先去運動的。

幸好後來我上班、得獎、補助通過，但我捨不得這個工作，可以遇見有趣的書，每個月都能確實地看到新書出版，還有善良的同事，穩定的收入，根本沒時間花錢——我更擔心的是，如果工作辭了，急用該怎麼辦？但是戰友說，錢去賺就好了，就算丟了這份好工作，以後沒有這麼好的機會，但到時不管有什麼壞工作，我都不會挑三揀四。

「你能真正寫東西的時間，只有媽媽健康的這段時間，也許三年，也許二十年，剩下的時間不多。」戰友又說，「你是作家，不是編輯，世界上有很多編輯陳又津，但只有一個作家陳又津。」

我被戰友這句話說服了，原來這是我一直想對自己說的話。

沒幾天，我就提辭職。

此時存款水位有六個月的生活費，半年內，專心寫作應該能得到一個文學獎吧？後來我聽聞有個寫作者的情況更嚴重，他一接近公司，就出現想吐的身心症，最後什麼都不管辭職了。半年後，奪得百萬大獎，沒有比這更勵志的故事了。

我這樣的編輯不只一個，好多人會寫作、會畫畫，我們討論著把作品投去哪個出版社，去哪裡都好，就是別在自己工作的地方。那樣總編輯拒絕你的話，也不會尷尬。附帶一提，也有很多暢銷作者，本業是編輯。

另一位戰友接過郵件通知，通了電話，在某個咖啡店遇見也是這樣走過來的A社前輩（創作兼編輯），告訴她兩個月後就能出版第一本書。神祕的是，就在簽約前三天，半年前說好的B社忽然來電了。

戰友不是沒有給時間，但B社未免也讓人等太久了。

這下，還要簽約嗎？

我們這群菜鳥編輯聊著，資深編輯說：「你想想，如果你的作者不給你出，但後來紅了找你，你要做他的書嗎？」

「當然做！」一語驚醒夢中人，我們的編輯魂忽然醒了，舊人比新人好操作，商場上沒有永遠的敵人。

所以，戰友寫信告訴A社，抱歉不簽了。後來，在B社出版。我們都是編輯，但還是做了編輯最痛恨的事——作者跑掉了。

後來B社編輯說，其實就算簽約了，也可以毀約。合約裡面通常也沒寫清罰則啊，大不了賠點設計費。那樣雲淡風輕，彷彿不過是跟同學借塊橡皮擦。只有我們這種菜鳥才會緊張。

總之戰友的書出了就好。

我們都要嚇掉半條命，但也因此心臟變得十分大顆，說不定，將來也可以說出「那就毀約啊」，變成那樣的編輯。

「記者都在寫小說」

「寫小說比我們還辛苦。」採訪寫手工作結束後，說要介紹工作給我，我想也好，自己埋頭寫小說，不如有人付錢讓我見世面。後來我從電話訪問企業人士，做到市井百姓貼身跟訪，一個求速度，一個求深度。

到了現在我總算知道，採訪不能寫的，其實比能寫的多。

難怪記者出身的海明威會發展冰山理論，八分之一在海平面以上，八分之七在水底。在採訪工作具體來說，一萬多字的逐字稿，只能整理八百字的報導。我在戲劇系寫過角色自傳，思考編劇沒能寫出來的設定，想像他人處境，是基本的演員功課。但角色自傳寫出來，不用考慮後座力，讀者就你和表演老師兩個人，最多加上導演吧。但報導也不見得意味就是真相，只是能夠「公開」的部分。

同一個問題，換了不同的人，就有不同的答案；甚至問同一個人兩次，也有不同的答案。我們必須找出那其中的落差與空白，所為何來。

先不管書本的傳播效率有多廣，後來我為社區大學散文課備課時，我發現數位筆記本裡面，幾年累積下來的數千筆資料都是新聞——完全沒有散文或小說，這些東西都放在書櫃，一時要出手，竟然拿不出來。

採訪不等於也是短篇小說嗎？篇幅要考慮，結構要考慮，觀點要考慮，差別只是事實要查證。而且這世道，我的書全部加起來有可能賣出一萬本嗎？免費的點擊率隨便就能破萬。但說數位內容要收錢？對不起，大家寧願去買貼圖。

「記者都在寫小說」，但我們國文課本很少有小說，校園講座也很少有人讀過小說，我在求學過程中，班上也只有兩三個人會自動讀小說。不是老師規定書單才去寫讀書心得，而是自己去圖書館借來買來的那種同學。現在大家一副多了解小說的樣子，但我寫小說你也看不懂啊混蛋！這跟剝削文字工作者那些差勁業主不是一模一樣嗎？

「當作小說看就好」的留言倒是提醒我，我老早就把所有文字和敘述當作小說來看，但在細節和可信度的修羅道上，在下只是略懂略懂。哎呀，您讀的小說肯定比我多了，要不要來討論何謂小說？因為小說這種專業，這年頭應該有變成常識的必要喔。

非虛構比虛構容易被理解，素人作者往往發掘更多題材。這麼明白的事實，我上班以後才知道。出書，是我那麼心心念念的機會，在我寫報導以後沒多久就來了。這個出版社、那個出版社，陌生人和熟人，一定是網路瘋傳的功勞。過去的我一定很高興，自己寫的東西有那麼多人看到。但現在一個題材結束，對我來說就是結束了。毫無留戀，除非有新的切入點。再說，也很難用幾萬字去經營。畢竟這些人被報導，有時長遠的好處還沒來，先被鄰近的人罵翻了。

只要受訪者活著就行了。不對，這個要求好像又太低了。

我的寫作動力主要是微弱的正義感，與強大的好奇心。如果非虛構有什麼力量，那是因為有必須立刻傳出去的訊息。畢竟只有我一個人知道，或是有能力言說——走上採訪這條路，那不就是《寂寞公路》的利普斯基了嗎？這是我當初寫小說時，根本沒想到的事。但我後來進行小說校對，角色設定竟跟數個月後的現實一樣，不禁慶幸還好我有網路連載，天地明證。

採訪稿被要求、被修改，這些我都很期待，也沒遇到亂改但還要掛上自己名字的狀況（我知道這其實是常態）。有些放不進去或無法查證的奇妙細節，終究放不進報導。當然大家都很想假裝可以改變世界，就算不能改變，有誰代替著說出來也好。

「電影系都被問說以後是不是要做新聞，我們說才不是！看了你們作品，到底電影和創作的差別是什麼？」工作坊同學提問。我說，採訪和小說的共同點，就是找到中間人，也要習慣被拒絕，人家憑什麼對你掏心掏肺？相異點則是要查證。

「我們拍電影也有查證！」聲音低沉的女學生說。呃，好吧，那就真的沒差別了。我後來想了一個答案。創作要求的是完整度，採訪當然也是，但經過查證的事實更重要，有時確實犧牲了部分完整度。

寫作生涯至此，小說作者、新二代、移民、研究生、編輯、記者這些標籤都齊了，你愛說我是誰都可以。但我唯一確定的只有，誰的腦洞能比我大？說不定哪天我就離開文字工作者的行列，那也沒什麼。寫字這回事，本來就要有專業的、業餘的和新手。每次重新開啟一部題材，我覺得跟新手沒什麼兩樣。題材在這個階段的社會，可能是第一個被看見的部分，但小說絕對不僅僅是題材。題材不是全部，不管是新聞工作者，還是寫小說，應該都可以同意這個說法吧。

現實上，要替人留一條後路。如果必須要失去什麼，那就留下最重要的。受訪者們或是當事人明知要受傷，但決定要保護最重要的事物，這就是交易了。事實上，有時當下覺得可以，後來還是不公開，採訪者要為受訪者留下更寬的後路。

留下後路，不光是替別人，也是替自己。

採訪和創作到底有什麼差別？老實說，我到現在還沒有答案，只是更確定某些事物無法在採訪完成。但兩者有非常相近的地方，有類似的篇幅與結構挑戰。後來我聽說公司要找人，期待著要有新同事啦，但許多好的寫作者都拒絕了。理由都一樣：專心寫小說。我先前辭職也用這個理由。

現在好像又到了是否回歸自由工作者的關頭？「不專心寫小說」的我，比這些堅定拒絕的夥伴更沒有浪費時間的本錢，但我這兩年也發現，自由工作也不等於專心寫小說，採訪有固定的發稿頻率和嶄新的題材，有時間又不至於太奢侈，可以說是一種平衡吧。「寫不進採訪的，就放進小說吧。」兩位神級採訪寫手兼小說家，各自在不同的場合，對我說過這句感悟，但我的小說也不是資源回收場啊。

因為現實和虛構於我，是兩條平行線，或說當初的出發點不一樣。小說不該是現實的殘餘渣滓，而是一種濾鏡或篩子，成為形塑故事的框架本身。小說到底是什麼？這個問題也無法在這裡回答，等我直接用自己的小說來定義吧。

乾脆不要做這行

那家日本料理店，夾在當鋪和修車廠中間，騎樓下都是候位人潮，穿著灰色T恤的平頭男子笑容可掬，請客人別站在別人店面騎樓，那懇求，必然藏著鄰居的怨懟與眼紅。但若可以開在黃金地段，誰要跟當鋪和修車廠爭地？討生活是沒辦法的事。

入內以後，客人的椅子要推進去一點，生客全被提醒一遍——在這種地方開店，靠的大概就是這種低聲下氣的堅持吧。做吃的、做服務業，很難有尊嚴。客人問可以訂位嗎？男子又是笑容可掬，眼角的魚尾紋都游出來了。

難怪我媽千交代萬交代，絕對不要學做菜，不然沒完沒了。出去吃，吃的是俐落爽快，在家吃，媽媽的瓦斯爐火隨時保持滾燙，菜一上桌，必要拋下萬難吃飯，菜涼了就不是那道菜了。

睡午覺的時候，被媽媽挖起來吃蔬菜餅，不然又要涼了。我知道一定是阿基師在電視教的。口感像海鮮煎餅，可以拿出去賣了。做完這項評語，我的任務完成，媽媽沒有要把畢生絕活傳授給我的意思，她的想法是，如果要失傳，就讓它失傳吧。

直到我做出版社編輯，以為自己要做文學書，第一本書卻遇到飲食巨擘哈洛德．馬基，看見光譜另一端，才發現我媽是梅納反應的高手，否則松鼠魚不可能炸得恰到好處。

然而做菜這條路太苦了，她沒讀過馬基的書，但是大半生換來的經驗，足夠讓她做結論：不值得。做什麼事都好，就是別做菜。

「小說很難寫嗎？」

聽到這個問題，我第一時間的反應是，不要寫小說。

年長的小說家大江健三郎說過，希望孩子不要像他一樣當作家。雖然他也有過好時光，寫出自己能接受的作品──至於我自己，選擇這條路的原因只是，不管你選擇哪條路，都不會更慘了，反正軍公教也完蛋了（但我也沒去考），一起滅頂的感覺意外地好。既然要完蛋，也沒什麼好失去的，至少選個喜歡的。

那就寫小說吧。

這個星期六，在寫作這條路最初的戰友，舉辦了第一場新書分享會。第一次，我這麼安心地坐在聽眾席，而且遲到也沒關係，坐在最後一排就好了。會中，戰友說到他一直不懂美國電影，那些美國爸爸沒參加學校運動會，這麼屁大的事有什麼好寫？但戰友說到這時哽咽了，還是繼續說，沒讓眼淚流下來，因為他太生氣，又要把話說完。

我知道他要說什麼，又為什麼這麼生氣，那是因為我們從來沒有，未來也不會有這種經驗了。

學校運動會結束了，戰友父親也過世了。

但新書分享會這一天，戰友的太太、母親、哥哥、大阿姨都來了。我想，這傢伙要是當了爸爸，一定會排除萬難去參加這屁大的運動會吧。我們的媽媽，聽著台上的小孩講著自己完全不懂的東西，在那個自己完全不懂的世界，孩子看起來比自己更好。

不要寫小說、不要做編輯、不要學做菜——除非是你自己選的。那些說不要的人，其實並不後悔，因為他們都沒放棄，至少是還沒。

輯四

明天也要開外掛

文學這場夢，真值得我們賣命，或是活生生餓死嗎？作家可以靠寫作維生嗎？怎麼樣才算是作家？出書就可以算作家嗎？得文學獎都算嗎？要去演講嗎？

寫推薦文像背房貸

不管是讀者、編輯、行銷，其實都想問：「推薦人到底有沒有看過書稿？」

我曾經遵循大澤在昌的建議，有約必寫。等到新書出版的時候，第一時間檢查自己跟誰並列——這種感覺難道就是虛榮？至於本文早就讀過了，故事情節大概都知道，現在反而有時間細讀誰的推薦寫得好，琢磨下次怎麼切入。

從前作為讀者的自己，只要翻到本文就好了，無視推薦也沒差。有些推薦文只是把故事重講一次，像論文摘要，有的導讀則說這本書像某幾本經典，這種方式省力，但如果永遠只提那幾本，久了就像停止更新的軟體，凸顯最近沒讀書的破綻。

我什麼事情都覺得有意思，不推薦的書幾乎沒有。舉例來說，雖然有的書造勢盛大，讀完以後有點失望，但又覺得地才很好，地才教我的，比天才更多。地才敢說自己也不清楚的故事，這不也是一種好奇心嗎？沒想清楚就下筆，也不必全盤推翻，重新安排分場，內容稍微調整就好了。——這是我近期聽到最勵志的話了。

也有推薦人說：「常看到我推薦的人以為我很喜歡推薦，但我拒絕推薦的更多，只是書上不會寫我拒絕啊。」

這樣寫了一年發現，掛名推薦也好，專文作序也罷，讀一本書至少要三個工作天，寫一篇兩千字上下的文章，也要三天，合起來就是一週，一字一至三元就算連拿到的贈書都賣掉，也很難支付這個禮拜的生活費。出版社的行銷費往往也只有幾千塊，要邀稿還要發宣傳品設計，也很難付出更高的代價。如果一個月下來推薦兩本，再加上其他約稿和專題企劃，很容易陷入無法專注寫書的惡性循環。

說到底，推薦文到底有沒有用？或許這才是出版人最關心的問題。

「如果你今年只讀一本書——」這種會激怒讀者的推薦，勸你最好不要，因為這句話明顯覺得讀者沒有判斷能力，而且會讀書的人，通常是十本和零本的差異，沒人只買一本的啦。

但如果多找幾個人推薦，能夠多說服一個讀者，編輯和設計只好多花一些力氣在反正要裁掉的書腰紙。儘管大家都很清楚，推薦和書腰都不是重點，但現在已經到了連一個讀者都不能失去的境地。

有時候，問人怎麼遇到我的書，有人說在書店偶然翻到，有人是朋友推薦，也有幾個，是看了大叔的推薦序，這時候我深深感覺到，我預支了別人的讀者。推薦人確實擔負幫讀者發現新世界的責任。我要做的，就是把第一本書累積的信任，轉移到下一本，下一本再滾到下下一本——聽起來好像銀行複利一樣，總之，我現在明白背負房貸的心情了。

因為預支的好運和善意，我才得以開始。出來混，總是要還的。只是別讓貸款壓垮了，如果連本金都沒有，那真的會破產喔。

「到底為什麼要找推薦人！」自己開了出版社的編輯說。

作為編輯兼行銷，找沒用的推薦人是最痛苦的事，書稿到期只剩一個月，給推薦人看稿的時間大多是兩週到一個月。我後來對自己比較認識了，起碼要兩個月，完全超出編輯可以管控的時程。

但來我家作客的兩位編輯，他們不但要編輯，還要排版，也要負責行銷窗口。

「我們原本那個老闆實在太誇張了。為了證明自己很會賣，本來都低報刷數，為了搶標，從一刷變成十七刷！」「不能開冷氣、不能開電燈、薪資低報、公司車會漏水在車內要穿雨衣。」「我最近請育嬰假領六成薪，但公司勞保薪資低報，我還要自己補貼差額，也沒了三節獎金，也不知道是否比較划算？」

就算跟設計溝通良好，但老闆就是不滿意，美感停留在上個世紀末，書只要開卡車載到重慶南路，就能拿到一百萬現金的時代。幸好老闆不會用電腦，編輯只好自己註冊郵件回覆，假裝是通路和設計，為作品的品質辯護。我說，你們做的不是編輯，而是情報員吧！

編輯這種活兒就算了，他們說，送貨小哥擦撞路人，為了保住這份工作，咬牙打電話給老闆：「我會自己處理。」老闆竟說好。但送貨小哥只有兩萬五的薪水，到底要怎麼賠？保險可以處理的事，卻要第一線的員工來扛。另一個員工，從倉庫四層樓高的地方摔下，住院三個禮拜，老闆在他住院這麼長一段時間，從來沒探視，員工最後領到的，也只有勞保補償。

文學這場夢，真值得我們賣命，或是活生生餓死嗎？

這兩位編輯的出版社，孕育了許多優秀編輯，他們之所以在這裡，只是因為要還助學貸款，才在這個許多人離開的地方，待了四五年。現在，一位跟老家父母借錢，一位則是用配偶名義向銀行貸款，只為了開一家出版社。

他們在台北市區精華地段租了一小間辦公室，註冊了公司，在第一筆書款下來之前，他們已經花了六十萬。每次找推薦人都很頭痛，畢竟是個名不見經傳的小出版社，都說創業維艱，但光是聽這兩人說著，我就覺得深不見底。別說賺錢了，到時是否能全身而退，我都沒把握。

書腰掛名推薦不保證效果

「我看你掛名推薦才買這本書耶！」朋友後悔地說。

「喔，你買書前先問我好嗎？」我說。

不是我討厭這本書，而是這年頭大家買書的標準越來越高，只有兩三個亮點乾脆在書店翻完，有的買了看完跑來跟推薦人（也就是我）說，我覺得不值得買啊！可是要我不分男女老幼無差別推薦，我整個書櫃也挑不出十本，更慘的是，我可能連自己的作品都不推。

為什麼？看病要對症下藥，讀書也是，不然ＦＢ不會隔一陣子就流行起「影響我最大的十本書」。要我一對一推薦的話，還是先把你最近看過或喜歡的書拿出來，那樣我才能診斷嘛。

也有人跟我說最近看了本好書，內容越聽越熟悉，我才發現先前看過書稿，原來已經上市啦。

以前看書腰，只注意放大的句子，若是看見「如果你今年只讀一本書——」立刻把書放下，因為我今年絕對不可能只讀一本，讓您失望了。

後來做編輯，總要列出推薦人名單，現在自己讀了書稿，也成了推薦人，看見自己的名字放在書腰上，跟其他人排排站，來一本讀一本，思考這部作品和我（既有的）的寫作有何關聯，但最近終於覺得——推薦的書比自己的作品還多，這根本就是通貨膨脹吧！

「看見自己的名字跟×××放一起，不會覺得奇怪嗎？」

剛開始會覺得，我跟人家的路數完全不同！如果把我們的作品放在一起，根本是南極和北極，但這個問題，我已經很久沒注意了。

好的作品給人啟發，但也帶來壓力，壞的作品通常不會被看見，倒是那些混合古怪優點和小瑕疵的作品，讓人有對話的動力。我們不需要第二個村上春樹，甚至也不需要台灣的村上春樹——那聽起來像是一種花車折扣商品。

喜歡一本書，就算大部分的人沒聽過，但這不影響你重說一個故事，或摘錄一個段落，或回憶那時候的自己為何拿起那本書。一點一點的偏移定錨，發現自己的位置，而這樣的能力逐漸累積之後，或許可以稱之為時代。

書腰本身不是主角，但是背負讀者第一印象的重責大任，推薦人也不是主角，雖然有時字級比作者大，但頭銜等於品管主任。沒人喜歡書腰，連編輯也不愛，但書腰這爹不疼娘不愛的孩子，還是必須找到生命的價值，於是努力長得更美、懂得更多道理。

作為推薦人能做的，只是在書腰一個不顯眼的角落，默默祝福一本又一本的新書，祝福它們來到人世間，跟未知的讀者展開一言難盡的旅程，也許會遇到颱風，運氣不好發生海難，也許大部分的航程無聊得不得了，但只要捕撈到一顆珍珠，那麼就值得。

至於這趟旅程，你會遇到海怪還是珍珠，那就不是我能知道的了。

文藝營何時才能畢業

文藝營這種東西到底有什麼好玩？攤開課表，還不是些講師自吹自擂？用功的講師分析套用理論，不用功的講師連說笑話都無力。我最疑惑的是，這些人憑什麼上台講？參加三兩回文學營隊後，心得有好有壞，像是自助餐吃到飽，說不上有什麼滋味，不去的話人生也沒什麼遺憾。話說回來，我平常就不去吃到飽了，在文學這項志業上，沒道理逼自己啊。

到了問答時間，有學員問些無腦問題，講師就算好好回答了，學員好像也沒在聽，發問只是要證明自己很厲害。這些學員的職業大多是學生，可能是為了讓申請大學履歷而來的高中生，不然就是自以為是的大學生，沒什麼歷練卻要寫社會邊緣人，有社會歷練的那種大概不會來這種吃饅頭喝露水的文藝營吧。有人擺出跟講師很熟的樣子，在簡歷上寫得過文學獎若干，不然就是說自己認識誰誰誰，互相說我沒有很厲害啦他才是，假裝自貶其實是拉抬。

過了好幾年，文藝少年少女成了老爸老媽，不然就養貓，忙著餵奶劏屎，沒空讀長篇，我重新想起文學營這東西。學員討厭歸討厭，但對文學還是有點嚮往的。反正既有的讀者不好用，因為他們人太好，意見不痛不癢。專業的寫作者又有自己的招數，我拿來用也不順手。想來想去，還是去參加文藝營吧。

學員態度沒什麼變，營隊依然像馬拉松，一堂課接著一堂課，下課後還有討論。然而旅館光線昏暗，擺明不想讓人安心看稿，事前也不發文稿，雖然發了我也不一定看，但旅途上總能翻個一兩篇。我對完成度低的作品沒興趣，平常讀校內文學獎都覺得無聊，但該做的還是要做，看文章看第一段（大多是廢話）、第二段，然後最後一段。收尾收得好，再看中間就可以了。

文藝營的高潮不在明星講師，也不在揪團夜遊，而是討論課，晚餐後一路討論到十一點，猛打呵欠還沒完，導師跟大家約了洗完澡，帶開分為兩三個隊伍進旅館房間，氣氛像是降靈會或心理諮商，正正經經，進行了我人生所見最漫長的問答時間。講到兩三點，導師要去睡了，卻跟學員約了隔天清晨六七點繼續，講到上了遊覽車，不得不分開，還在咖啡店繼續講。不管有用還沒用，導師做到這程度，我是心服口服了。

不料工作人員問我，明年要不要來當導師？我想了一下，很認真地說，還是不了。我剛開始想找人看稿這件事，早就打消念頭了，找別人幫看，只是拉到及格水準，談不上有什麼創見。文學營這檔事，終究是圖個文藝範兒，呼吸作家呼吸過的空氣，彷彿自己也是個角色。但每年那麼多營隊，那麼多暑假，還不就那幾個作家？會寫的就會寫，不會寫的參加好幾年還是在那邊喊想寫，我根本懶得花時間討論別人的作品到半夜，寫完了，對自己嚴格一點就好了。

講座需要後勤部隊

距離演講時間不到二十分鐘，簡報下載了卻打不開，電腦重新安裝應用程式，對談者生病缺席，高速公路塞車——想得到的情況，差不多都發生在這場活動。

當我把行李扔進房間，見到電子郵件往返的窗口，他也終於鬆了一口氣吧。他高高瘦瘦，細細的鳳眼戴著金屬復古眼鏡，俐落的短髮有幾許銀絲，所以並不是那麼年輕，襯衫像從無印良品買來的，褲子是窄管九分長，露出白白的腳踝。他是我這趟遠行不用把講座費用全花在住宿（通常還要倒貼）的恩人，也是另一個作者駐村申請通過後，臨門一腳湊到機票費的恩人。

恩人輕鬆地拿起活動看板，越過百貨公司馬路，但風向不定，看板可能隨時往左往右飄移，但是他抓得穩穩的，我不用擔心被掃到或迷路，一切準時就位，像平常一樣結束。

恩人大概是文化局的公務員，是約聘還是正式的也不知道，在講者像候鳥一樣成群來到，他是第一線的後勤人員。報帳找他，訂房找他，鑰匙若不小心放在房間上鎖也只能找他，等於身兼公關企劃和民宿主人，活動常辦在週末，令人懷疑他什麼時候才能休息。講座結束之後，我自由了，但他還要準備下一場活動，我就不揪他散步喝酒了，照顧好自己，別找他麻煩就不錯了。

待在老房改建的南寧文學家，出了巷子就是百貨公司，不遠的保安街更是府城小吃自古以來的必爭之地，拿出假期特有的耐性，就可以毫不在意地排隊。隔天早上，鄰房的作者還沒打過招呼就走了，我也懶得出去排隊吃小吃，昨天已經努力做個觀光客，今早乾脆就拿出電腦，隔著木窗和綠色紗網，看著外面的路人，任由空中戰鬥機轟隆飛過，寫我自己的稿子。

不管是去玩還是寫作，似乎有個模式，老師會檢查你的回家功課，所以旅行必備美食小吃、居住環境、路線規劃。就像寫作這回事除了出書，還有線下生活、時事評點、邀稿演講，好像這樣才夠分量被稱為作家。記得我帶了一堂採訪寫作課，學生是奇數，剩下一個自學的高三生，我跟他一組，兩人認識不深，問得稀鬆平常：

作家可以靠寫作維生嗎？怎麼樣才算是作家？出書就可以算作家嗎？得文學獎都算嗎？要去演講嗎？我說靠版稅不可能，演講比版稅和稿費好賺很多。之前我問某編輯，說現在推薦文邀稿太多，演講邀約也多，我該拒絕什麼好？演講反正也沒多少人，推薦文只要那本書不絕版都會有影響力，雖然我也很懷疑多少人會相信推薦文，至少我自己幾乎不看。

結果編輯說，你傻啦，當然是演講好賺，準備頂多一天，交通演講也只一天，兩天就能賺到你寫稿一個禮拜的收入。作家認定很尷尬，因為沒有明確認定程序，現在很多人自費出版，得到文學獎不代表會有人找你出書啊。

最後，他的姊姊說，我把他平常不敢對媽媽講的話講了出來（反正媽媽沒來聽這堂課）。他把對我的採訪，取了個題目「作家的公約數」，引述的最後一句話是我說的，但我倒沒想過要放在結尾：「只要一直寫，就算是作家。」繞了一圈，才發現這個我一開始就知道的事，現在藉由另一個人的眼睛，我才算真正明白了這件事。

字彙有限的駐村作家

深秋，我到美國佛蒙特州駐村，只吃過三次咖哩，奇怪的是，美國人知道佛蒙特有楓葉、楓糖漿、乳酪，但怎麼都想不通咖哩和這地方的關係，對台灣市占率第一的佛蒙特咖哩一無所知。Johnson 是個小城，山坡上有間大學，山腳下就是藝術家的駐村地。一百年前，永井荷風從南方的橫濱到北方的西雅圖，搭乘郵輪在海上航行。二十一世紀初，我從南方的台北到比紐約更北的佛蒙特，轉了兩次飛機，含轉機共計二十五小時，整整一晝夜的飛行。

九月的秋天，正午氣溫還有三十度，但早晚涼意甚濃。某夜氣溫驟降到四度，連美國本地人都嫌冷。隔天起床，花草雖看不出什麼變化，但已經不再生長，幾日後變得像乾燥花。晚飯後沒多久，街上突然湧出大霧。屋內開了暖氣，這才感覺自己真的到了美國。正午太陽一點也不刺眼，人們紛紛躺在河邊的草地，我揀了樹蔭下長椅坐著，讀永井荷風筆下華盛頓的瘋人院、芝加哥的商場，還有紐約的四季。讀到「那一看就是日本製的粗糙洋服」的評論，永井荷風大概不知道，如今東京竟也成為時尚中心了。

在駐村時光，我見到美國女性藝術家在餐桌上討論畫作或文字，要不是手上的婚戒，幾乎感覺不出來她們有丈夫或孩子。即使年事已高，還是動輒自己開車好幾個小時。小孩早已長大成人，在東岸西岸甚至其他國家。怎麼說呢，就是習慣了一個人這件事吧。年輕女孩總是嚷嚷分手好久了啊，一問才知道不到一年。當她們在圍爐邊談笑風生，聊到婚後有一半的人外遇，無論男女，房間內陷入短暫的沉默——雖然不必在這個方面追求平等，但看著這群女性，我想這個世界還是有點進步的。

我想，我應該是在那裡成為作家。

佛蒙特駐村寫作計畫，讓不同時空、不同懷抱夢想的人，走進那間紅色磨坊，走進小牛寫作樓，面對同一條河。二〇一四年九月，只有我一人通過申請。

高壯的海關大叔問我：來美國做什麼？這是你第一次來美國嗎？駐村？一個月？佛蒙特有藝術村？所以你是作家囉？

作為獨自通關的亞洲女子，我只想全速通關，就算大叔很親切，交代我那邊楓葉很漂亮、天氣很冷、是有機農產品重鎮，但我一點都沒有閒聊的心情。

writer 就 writer 吧！

反正我也不知道文字工作者的英文是什麼。

語言的幽微界線，跟著十二小時的時差，一口氣跨越了。

佛蒙特藝術中心的參與者，三分之一來自加州，三分之一來自紐約，三分之一是其他，還有幾個人從加拿大過來。某個女孩說，她昨天剛去看麋鹿。望著起伏的山巒、綠油油的樹木——我終於意識到，這裡不是美國，這裡的人開車去蒙特婁只要兩小時，去紐約市卻要六小時。

「你做什麼的？」

不管是專職還是兼職創作，到了VSC，就是專心做作品。你端盤子還是教書，何以營生不是重點，重要的是你在這寫作、雕塑、繪畫，還是運用多媒體？

我說我在寫老人黑色喜劇，隨著聽的人不同，漸漸發展出各種版本。想像一下，兩個老人到了速食餐廳，面對陌生無盡的選擇，沒人願意為他們解說田園風味、巴馬乾酪這些麵包的差異，更別說蜂蜜芥末醬和美乃滋——這種時候，看著別人有條不紊地前進，你這時候難道不會很想死嗎？

上了年紀的笑瞇瞇女士，畫作是各式各樣的小幅樹幹，她思考了一下：「怎麼會想死呢？當然是把他們殺掉啊！」

我差點忘了自己真的在美國，眼前的和善老太太，隨時可以拿起獵槍。

但「老人」也讓東西方的文化差異變小了，人生到了最後，大家都一樣白髮蒼蒼、行動不便，深怕一個不小心，跌落繁忙的地鐵軌道。

「我朋友有隻狗是吃到撐死，聽起來不錯吧？」「今天早上聽廣播，想到你的故事。太空人與地球連線——」「我從來沒有跟別人說過，我弟弟是自殺的。」「我的母親在我生日、平安夜的前一天過世了。」「你聽得懂嗎？有不懂的地方盡量問我。」「你看過《二十二條軍規》的續集嗎？我把書名給你。」

複雜的事，在字彙有限的外國人面前，忽然變得清楚起來。

原來不用華麗修辭，不用專業訓練，僅僅是故事本身，就足以讓人把心事託付給另一個人。我回來以後，英文一樣不怎麼樣，但小說跟著我跨越海洋回到台灣，偶然遇到朋友，他聊起十年前搭便車環島。最近合作夥伴的伴侶，也是我在紐約順路借宿的室友。

踏上這條「作家之路」——哪怕千山萬水我獨行，也沒什麼好怕的了。

拜託別叫我老師

社會大學的學生大多都退休了，年紀比我大了兩倍有餘，孩子都跟我一樣大了。到底能教這些長輩什麼呢，我自己也很懷疑。但就跟接案一樣，按照「閱讀、寫作、發表」的順序來吧。不然連講三個小時的課，實在不夠應付十八堂課。發下有趣的閱讀材料，再來寫作（雖然覺得這樣拿鐘點費也太混，但我覺得交代回家作業，下一堂就不會有人來了），最後是朗讀分享。

但我受夠了學校作文教育，平常寫作也根本不用稿紙，稿紙帶是帶了，但我帶了更多A4廢紙，在不重要的紙上寫作，寫壞了也沒關係，我們這輩子已經面對太多評論，不需要特地來接受讚美或批評。反正在文學這個地方，一直就只有自己一個人，赤手空拳跟這個野蠻的世界戰鬥。

「最近的土地公廟在哪？」一個同學住永和十多年，寫她被人問倒了，帶著問路女子去找里長太太，更令人驚訝的是，里長太太也不知道，短短的故事收在誰也不知道，這麼簡單的事成了都市傳說。高齡八十歲的另一位同學說：「用Google地圖不就可以查了嗎？」果然，打開手機就有，這位同學和那名女子根本不用大費周章。問她怎麼會知道，難道常常在找土地公廟，跟進香團繞境祈福？她說：「我是基督徒。」只是單純的觀察力過人啊。

有同學不用上課，常常在自家店裡聽人說故事，他在美國小鎮賣冰淇淋，分析喜歡不同口味的客人有不同的個性，十多年的經驗下來，幾乎要讓人以為是《深夜食堂》的老闆。有人跑了馬拉松，發現自己的寫作可以感動別人。有人寫到在醫院復健，看著湖畔只想連人帶輪椅衝進去——更多的，是沒有解決的問題。

寫到親人，這群大多為人父母、祖父母的學生，忽然變回那個小男孩、小女孩，要獨自面對父母的無理暴怒，要處理親人的驟然離世，要拆解即將到來的未爆彈。朗讀之後，同學各自分享喜歡的句子和段落，但更多的時候，朗讀後的安靜像是無聲的擁抱，惦記的人，下課便走在一起。有人寫得慢，幾乎想放棄，又捨不得花下去的學費，所以當天寫不完，下週上課前自己跑到圖書館補完，從此就算沒功課，還是自動到圖書館去報到。

聽到大家的媽媽越來越壞，有的不煮飯不洗碗跑去標會，有的作勢念孩子的英文課本，卻總是停留在前幾頁，原來那個年代也有不少叛逆婦女，只是孩子不敢講，那時代歌頌的媽媽都是溫柔嫻淑的活標本，然後家裡的媽媽叨念怨嘆一輩子：「我為了你犧牲一切，都是你的錯。」

那些孩子帶著愧疚長大了，但你們都是好孩子，過去沒人向你們說的話，現在還有機會透過寫作來說。你們都是好孩子，但我想不用我說，你們也會知道。

我絕對不要讓編輯稱我為「老師」，每次我總要再三提醒。（略）在我看來，被稱為「〇〇老師」而沾沾自喜的人，絕不是個好貨色，自我感覺良好而已。

——大澤在昌

剛開始寫作，鼓起勇氣將眼中的世界描繪出來，如果得到老師的稱讚，可能比得獎還開心，因為這個人在專業領域有足夠分量，不然也不會來當老師吧。

那兩年是友人採訪最活躍的時期，老師介紹她去採訪，雖然還是學生，但稿子品質好得讓她比其他執筆者拿到更好的待遇，但稿費最多就兩塊，她不過比別人多了幾百塊錢。

過了幾年，那些文章被收錄書中，沒有通知、沒有授權費，只有幾個撰稿人名字可憐地擠在版權頁，書耳掛的是編者，到處去演講和賣書。友人覺得不公平，明明是雜誌邀稿，這編輯憑什麼當作自己的？但收了稿費好像沒資格再說什麼，摸摸鼻子就算了。那時候年輕，她現在不接那種不清不楚的稿子了。但每個寫字的人都得被賣過，才能學到教訓嗎？授權費是其次，曾經信任的老師竟默許這種收割。老師這個位置，可以給人勇氣，也可以讓人放棄。

另一個朋友被前輩找去接案，我到現在還是不知道前輩的名字，忘了輸入人渣資料庫。如果是意見理念相左還好，大家用作品交心，只出一張嘴則萬萬不可。我問這朋友：「前輩有寫嗎？」「如果沒有你來被壓榨，前輩自己寫不出來嗎？」「寫好了是他的，業主嫌棄都是你的錯？」什麼同進退，根本就是無能處理，死也要找個後輩當墊背！我講完以後，朋友豁然開朗，但她是編劇，本來就知道會這樣。

換我說自己的困擾，我一直希望有個專業編輯，看見我沒注意的部分，結果新編輯的稿子來了，不是追蹤修訂，也不是註解功能，意見以紅字黃底連接本文，「可以做組頭為什麼要做砂石車司機」、「哪個火車站會降下鐵門」、「一般讀者會覺得用手肘開車太瞎」，讀到「總之請重寫」

的時候——我可以回應組頭砂石車司機確有其人，大學登山社去的火車站會降下鐵門，用手肘開車就常常看到啊——但，這些根本不是我想討論的重點！以前也不是沒跟出版社、副刊、網路評論編輯合作過，但這種意見超越既有經驗範圍，從小學國語老師到研究所指導教授都沒有「總之請重寫」這種意見，我覺得一定是自己錯了。朋友讀了滿是意見的稿子，說：

「你相信這個人的理解力嗎？」

原來是這麼基本的事，我還以為是審美的層次。

「『請重寫』也不是在幫你釐清，而是要證明自己是對的。」

原來壓垮駱駝的最後一根稻草，就是好為人師。你要證明自己是對的，幹麼拿我的作品開刀啊。不用你說，我也會重寫，出版社編輯因為我是砍掉重練的慣犯，現在都會問我是定稿了嗎？（據說我是愛改界的前三名，我問過編輯另外兩名是誰，但她不告訴我。）當然，編輯可以不喜歡作者或作品，那就派給別人，我之前就這樣做過。還有，請問「一般讀者」是誰，你先承認是你自己吧。

「你沒前輩又沒拿錢，幹麼這麼困擾？」朋友說。

對耶，果然是旁觀者清，自以為「老師」的多半不是什麼好東西，明天我們就去攤牌吧，滿懷希望，砍掉案子。

輯五

沒在寫的時候

我身邊的文字工作者開始做瑜伽、重訓、TRX懸吊訓練、游泳，無論這是否商業操作的陰謀，總之大家掉進這個坑了。

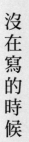

書櫃也要斷捨離

「你該不會，其實沒看完很多書吧？」攝影師同事說。

話說上回我們一起搭普悠瑪號，是從花蓮逃回台北，這回在板橋火車站碰面，他大驚：「你為什麼要穿登山鞋？」「這是平地用的背包嗎？」這回，我們要花上將近兩倍的車程，前往更遠的台東，四小時車程，我們講了很多書。我帶著尚未出版的列印書稿，放在一體成形的後背包；他帶了兩本厚厚的小說，塞在黃褐色的書包，他比較像是正牌的文字工作者，而我像編輯。

我說，書也不用讀完，略看就知道結構，跟朋友討論也就夠了，如果賣了又想看，那就去圖書館吧。他說也對，太多書看不下去。我說不只是書，連電影我都只看十五分鐘，舞台劇也時常看到中場休息就回家，畢竟錢和時間都花了，如果確定自己看不下去，為什麼不好好把握剩下的時間？節省時間成本，回家搞不好還能寫點小說。

一回跟同事聚餐，那間廣告公司都是我們的第一份正職，當年在辦公室為了明天的企畫挑燈夜戰，一起說老闆多莫名其妙，現在紛紛退役逃脫。當大家說著明年計畫去哪裡旅遊，一個朋友說，我今年的計畫是「不出國旅遊」。沒隔多久，又有另一個朋友，訂下今年「不買鞋子」的目標。雖然還不知道想做什麼，但「不做什麼」好像更實際一點。

但拒絕和完成一樣花力氣。

我把鞋櫃衣櫃的東西都拿出來，角落的灰塵都當作看不見，數了自己究竟有幾雙鞋，果然量化以後，發現常穿的也就那幾雙，太多東西不適合自己，只因為沒穿過幾次才捨不得丟掉，但我要成為這樣不上不下的人嗎？我不介意別人笑我衣服少，每次都穿這幾件，因為它們都有價值，但不適合的衣服穿多了，好像自己只能這樣湊合過日子。

我要成為什麼樣的人？這不是許一次生日願望和新年新希望就可以完成的事，到了生日那個月，我也忘了去年到底許了什麼願。望著我的書櫃，那些套書儘管經典，但我其實沒那麼喜歡，反而是關注同樣議題與寫作方式的冷門作者，跟我並肩而行。

最後，我把擁有的書全部封面向上，互不交疊排開，家裡忽然變成地攤書街，我揀起絕對不能丟掉的朋友，把它們安頓到書櫃。每次看到這些書，就覺得你們也是不容易啊，經過一番激烈的淘汰。經典什麼的，去圖書館借不就好了？剩下的，就交給二手書店。雖然發生過賣出又買回的事，但這次我知道，這本書說的正是我無法割捨的部分，就算不那麼喜歡，也只能相依相存。

一次又一次，反覆確認自己是誰，是新年也好，不是也罷，這件事與太陽月亮無關，與年齡無關，物品就像是記憶的結界。

動手整理書櫃，但不可能一下子全攤到地上（那樣會蔓延到客廳），於是我按照華文小說、日本小說、西方小說、社科理論、生活風格分批，就這樣篩掉了六十多本書。歸位的時候，每一格都像是殊死戰，我也瞬間想起這本書對我的意義，而不是西方經典、日本文學、輕小說這樣的分類，最後我的書櫃分成：「大家說是大師我也覺得的確是大師」、「神作！如果寫不下去就翻開這本」、「情感至誠」、「以幽默感對抗世界」、「作家養成」、「社會派底蘊」、「寫作好朋友」、「這才是文學魂」、「雖然很強但實在模仿不來」。

這些分類依照我的第一印象去排，所以要找書的話只有我才找得到。雖然歸位非常隨便，但越靠近書桌的越是我在乎的路數，其他那些可敬的強者，就請在房間門口等一下吧，我會慢慢追過去的。

我處理掉了那些「咦原來〇〇〇也寫過這種鳥書」，本來這些書的存在是用來安慰自己，現在書櫃水準突然變高，我也會害怕自己被擠掉，畢竟能留在家的都實力堅強，還好我的學校作文簿老早就丟掉了。

在這裡的書，是我的「好朋友」、是「參考書目」、是「老兵研究」，是「作者有病啊」（是稱讚的意思），總在猶豫留不留的是「很厲害，但跟我的人生無關」。即使都是朋友，擠不進書櫃的時候，我就回到那個古典的命題：兩個人都溺水的時候，該救誰才好？雖然這場洪水根本是我自己引發的。

有一格只擺了三五本書，我稱為「神之區」，每到懷疑自己還是放棄寫作的關口，就拿起這幾本，因為已經看了很多次，再翻開只是確定：「還沒寫出這種書，我怎麼能放棄！」

這麼搬上搬下，不見得真的清出多少空間，東摳西省只是為了讓想買的書進來，就算我跟風買了覺得不妙，也可以平靜說，這不是我的菜，轉手賣掉。

小時候的我，只要看老師的推薦書單就放心了，到了不用寫讀書心得作業的年紀，就像進了傳統市場，不知道這把菜還是那把菜比較好。現在留在書架上的書，都經過幾次激烈競爭，忍不住想對它們說，這幾年辛苦了——希望我寫的書也能像這些書一樣，暫時，或永遠留在某人的書櫃。

這種作法也有失手的時候，有些書我賣的時候覺得沒收藏價值，想參考的時候不在手邊，才發現這本書的影響比我想的還深，買了第二次，從此不賣。至於那些早就沒看的經典，捐給圖書館，將來不怕借不到。

有的書賣不掉或懶得打包，我就送給演講遇到的朋友，記得我國高中時期每天平均同時讀五本書，角色類型完全相異，我卻為其中不約而同談到的概念詫異，折角也好、破損也罷——不管拿到什麼書都會很高興。

收納控如我，竟然漏了書腰這東西。

一開始，可能是被書腰某個句子吸引，停下腳步，看完整本書，卻忘了那最初的印象。出版社打的算盤則是，只要有一個人被書腰打動，其他九十九個人不喜歡也沒辦法，實在不喜歡，直接丟掉就好啦。聽到有人連書衣都丟掉，我才懂了這個道理。

以前的我，不知道書腰有任何意義，隨手丟進垃圾桶。不知道什麼時候開始，我覺得書腰是有學問的東西，但一時間不明白，便丟進內頁，久了那兩頁出現黃色霉斑。我可能不是討厭書腰，而是討厭無法輕易丟掉書腰的自己，除非我願意承認，自己不會再讀這些文法書、課本題庫、研究所的影印資料、人人掛在嘴邊的經典，不會成為一個更好的人。

後來我發現，每個人家中都會有這樣一個房間或角落，有人問起，就說那是我在外地念書的兒子、嫁出去的女兒，他們留下的雜物——好像只有透過物件，確定這個人的存在，但這些物品之所以在這裡，反而證明了它再也不被需要。

國際書展要面對的莫非是黑粉

我這等與商業無關的市井草民，踏進世貿中心的次數屈指可數，只有每年的台北國際書展，以前是搶便宜賺折扣，再辛苦都要按照列好的書單繞一圈，看到別人拖著行李箱心生讚嘆：這才是專業！出版社各據山頭——這是我跟出版社的第一次相遇，平常在版權頁和封面無所不在的神祕單位，如今化為一個個攤位。

現在跑書展像派對，所有和書有關的讀者、作者、工作人員全聚集在一起，就差沒把印刷廠搬來，今年有自助印刷的工作室了。平常坐在電腦前的編輯放下編務，搬書上架，親自鎮守攤位，臨時工讀生舉牌吆喝，順手把書推回原位——當上班族視書展為例行公務，這些流動的工讀生說不定最期待書展。整個會場沒有禁止飲食標誌，也沒人把珍珠奶茶擱書上。晚上移到熟悉的出版社攤位，我才知道簽名書是這樣來的，兩個編輯隨侍左右，一個翻書，一個收，中間只要簽名就好，超高效率的流水線。

另一場活動我是共同作者，公務員假日加班顧攤，要不是後來遇到娃娃音的主持人，我都忘了這裡是世貿中心，show girl 才是比我更常來商展的主力！看她踩著八公分白色高跟鞋，拿著麥克風像街頭賣藝，我發現路人肯定都不是我的同溫層，忽然也想敲鑼聚眾，娃娃音主持人說她這就去招呼更多人，但我根本不是這個意思，她太認真了——近看發現她眼角多皺紋，粉要撲得比別人白，後來我短講結束，她繼續踩著高跟鞋，跟公務員對下一場活動的流程。這碗青春飯，不容易。

同在寫作路上的戰友在今年出書，不管在什麼地方舉辦新書分享會，人生的第一場新書分享會最溫馨，聽說我媽在我的分享會擦眼淚，雖然可能是年紀大了流眼油。戰友的分享會辦在書展沙龍，這回我做好場內冷清的準備，就算有人來問路也無所謂，結果台下坐滿人，沒人中途離場。問與答的時候，一個體面老先生滔滔不絕，回應我們剛才討論內容，我看看戰友，看看台下控場遞麥克風的社長，敵不動我不動，這場地後面是馬家輝活動，延遲不得，戰友說「那是我岳父」，那沒辦法了，老先生講了快五分鐘，我賭老先生一定不會記得我的名字，更別說記仇，「麥克風給我」，我硬是截斷老先生話頭，幸好台下的朋友有默契，問些別的問題。

拔營回攤位，我跟戰友的家人朋友站在旁邊，遠遠看他簽名，也不知道等下要去做什麼，心情比自己簽書還踏實，今天能見到這本書的誕生，無疑是讀者幾乎看不見、頂多出現在謝辭的人在支持——原來我之前在簽書的時候，大家就是這樣遠遠守護。至於戰友的岳父，不要簽名也不要回應，老早就受不了人潮離開書展，看起來像來亂的他，才是真正的鐵粉也說不定。

作家的一天

我訪問的自由工作者說，他去咖啡店寫作會看妹，上廁所擔心筆電不見，最後決定在二十一世紀的現在，八點起床就在家開寫，他用A4紙配鋼筆，毫不質疑自己地寫下去，十二點準時下班，下午剪影片、回信、輸入並修改早上寫的文字。這年頭白天比深夜要安靜，也容易專注。

我自己是下午派，因為十點或十一點才起床，根本沒有早上的時間，吃完早餐清完貓砂，已經十一點半。下午躲人的辦法是把所有通知都關了，其實這年頭也很少有人打電話，除了銀行貸款，所以電話響起，沒接到也沒關係。度假的時候，意外發現不用出國，只要全數關閉通知，或是到個沒有訊號的地方（比如說山上），就能徹底度假了。但這樣有個後遺症，主管對我印象最深的就是死不接電話。確實就是這樣，但認識的人不是都會傳訊息嗎？第一通不接，如果是重要的事，一定會打第二通第三通吧。

也有人會變成家事小精靈，我則是歸位收納王，東西可以髒，但不能找不到（浪費我時間），其他的，就交給家電吧。我就跟那些家電一樣，勤能補拙——這當然也是一種選擇。不貪心，這也是自由工作的原則。反正都賺不多了，更沒有理由浪費。

番茄鐘，現在網路有許多應用程式，一回工作二十五分鐘，短休息五分鐘，每四回工作，長休息二十五分鐘。足夠吃飯。中餐如果吃太飽，很容易就想睡覺。所以盡量清淡好消化，多吃一回下午茶也在所不惜。有家人同住的文字工作者，番茄鐘還有秒鐘音效，休息時間會發出海浪聲，即使他們有非打擾不可的事情要問你，聽到秒鐘的聲音，也知道要適可而止，等時間久了，他們就知道聽到海浪聲再來找你比較好。當然，如果有獨立工作室可能會比較好，我到下午就會去圖書館閱覽室或是咖啡店，閱覽室很容易睡著，特別是周遭都是公職考生的時候。咖啡店則是因為花了錢，一定要有進度。筆電關掉網路，等於是台打字機，不管是什麼事情，都想在兩個小時解決。

不管是上班或自由工作，都一樣是寫作。認真寫作的眼力很珍貴，我規定自己不能超過八個番茄鐘，也就是四個小時，那樣已經可以做完很多事。超過這個時間還做不完，那今天也沒指望了。明天再來吧。

Google 日曆的目標則是我二〇一七年才發現的寶物，即使現在是非典型上班，省去自己手動重複填滿時間的麻煩，如果今天真的做不到，或者提早、延後了，網路可以幫你重新計算。比方說上午十一點預定要寫的這本書，今天因故延到十一點半，那麼從明天開始，就會從十一點十五分開始。如果今天做不到，直接按下「稍後」，直接跳過今天吧。每週還能結算你完成了幾次。無論是運動、規畫、做家事，都可以使用這個。也有人使用 Trello，把各種事項分解成更小的事務。

行事曆也能區分為各種顏色，主要是小說寫作、生涯投資、家庭朋友運動、演講評審邀稿、公司工作。年度結算時，就知道今年寫了幾個字、幾篇作品。但我很快就發現，用邀稿來爭取曝光度，還不如寫臉書——雖然臉書大概也會在未來的某一天被取代，但練筆倒是很重要，現在的我，沒有什麼可以失去的。退追蹤或好友根本無所謂，又不是代言費那種動輒上萬的事。

一天做一件事就很夠了，上班以後，發現根本沒時間回頭修改，一次就要到位，省略也是一種技巧，如果只是覺得「應該」要寫，但不是自己內心覺得非寫不可，那，還是大膽省略吧。

小說家金宇澄說過，他不寫自己不知道的事，因為現在的讀者太專業了，很快就會在網路跳出來說，哪裡不對。除非作者做過詳盡考據，或是明知不可為而為之，打算跟網民對著幹，那就付出相應的決心吧。

反正就算沒人要看、沒人邀約，我也寫定了。

上班的時候，不管進度怎樣，一天過了就能領一天的薪水。作為自由文字工作者，什麼時候該休息呢？人不是每天都有突破性的進展，就連小確幸也不一定有，猶豫是不是該做什麼事呢？那就去做吧。寫作這件事跟閱讀一樣，任何時候都可以開始，當然也可以停止——無論是今天到此為止，或是從此洗手不幹。知道自己有放棄的權利，哪一天想寫了，再回到這條路，才能找回當初的樂趣。很多人都是在離開電腦的時候，忽然想到該寫什麼，就算沒有想到，去散步或是做運動，也足以讓你覺得這一天沒有浪費掉。

晚餐前，也許做個瑜伽，晚餐後因為太飽了，可能找不到時間運動。只要上過幾期瑜伽課，網路視頻的基礎瑜伽，應該就夠用了。站著工作也是個辦法，因為站著很累，只好趕快做完。這在閱讀時格外好用。

很多人從正職轉為自由工作，會為了保持原本的生活水準，反而接了一堆工作，搞得比上班還忙碌，只為了感覺自己被需要，這樣聽起來有點本末倒置。至於上班以後，沒有迫切危機，反正稿約總會一直來一直來，保有自己的特質就算不錯了。

吃完晚餐，這是一天之中最飽的一餐，吃完放個洗碗機，一切歸位，還能摺個衣服、放掃地機器人出去蹓達，今天就算是完成了一件事。如果沒有什麼要趕，可以看電影，問題是我常常看不到十五分鐘就切掉，因為節奏太慢，如果前面不好看，後面也難以回天，我不如回去寫自己的。

記得有一回到遠方辦講座，講者總共四人，但來聽的人是零。四比零，車票很難訂，我這才知道外地人的辛苦。花費一天半，車票自己出。其實我準備買機票了，最後一刻意外釋出車票。有人開了六個小時的車，有人高鐵轉台鐵，繞了半個台灣。但因為有夥伴，反正也是聊天，平常大家散布台灣各地，倒在天高地闊的地方重逢了。只是，要跟出版社爭取權益，也不知道從何爭起，因為我們的出發地不一樣，要申請的金額也更複雜。

在外面的一天很快就過了，就算沒有任何讀者來聽，光是四個講者也都是久別重逢。誰說著昨天三點睡，誰四點睡，誰清早起床，最晚睡的那個人看到他上線，就知道自己該睡了。當我們各自散會，搭火車或開車，回到我們所來的地方，也都天黑了。

閉關的一天很長，捨棄了每月固定薪資，捨棄了被誰需要的肯定，網路另一端的視窗，別人的旅遊或別人的生活，好像怎樣都比這裡有趣。但為了走到更遠的地方，虛構更立體的細節，只好拔掉網路線，關閉手機通知，否則「專心寫作」就只是逃離現實的藉口罷了。

作家的存款

只要花得夠少，自由工作並非不可能。因為一開始沒有邀稿、沒有講座、沒有評審機會，文學獎跟樂透一樣無法指望，開源顯然不是個辦法，所以只能選擇節流了。

我記得在澎湖生活時，開始嘗試記帳，每個月準備一張Ａ４紙貼在牆上，加上房租，生活費可以壓到五六千元，每餐吃同一家自助餐，只要三十元。買書每個月差不多一千。忽然，我就完成了許多人想像的退休生活，住在海邊，擁有大把時間。但那時沒想到會遇到冬天的強風，根本不可能出門。但對我來說這不是壞事，拿來寫作剛好。

回到台北，覺得家裡缺個微波爐，哪裡少個什麼，帳款變複雜了。文具店有各種帳本，我這樣毫無會計背景，也沒有數字概念，買的是分類記帳本，逐日排列，底下分為：食費、交通、日用品、衣服、美容、交際娛樂、寵物、醫療、保險。因為是一筆一筆用鉛筆記下，每個月還能統計收入和支出，另有三欄寫下夢想購物目標。這樣每月結算就會很清楚，自己花了多少錢。

比起賺錢速度，更重要的是存款速度，三個月的生活費賺到，我就從廣告公司辭職了，賭自己三個月能得到一筆獎金。但這也要把找工作的速度估算在內。

年度結算的時候，因為加上文學獎獎金或補助，發現年收入水平跟上班根本差不多。但上班的時候沒空亂買東西，自由工作的時候容易發現生活少了什麼。直到我發現收納及布置的樂趣，才能完全掌控屋內所有物品去向，不用再問媽媽東西放哪了。

但有人因為時間多了，反而會塞滿各種邀請，但那樣就沒時間創作了。我曾經整年不拒絕任何邀請，結了很多善緣，但沒有自己的作品也是真的，曝光度也真的很高，但那個影響力不是我追求的啊。就跟風頭浪尖一樣，暢銷固然好，但我比較想長銷。

何時投入自由工作？有人的存款安心水平在六個月生活費，這差不多就是所謂的夢想基金。只是別人拿錢去旅遊，我們拿來工作。工作滾工作，這種結果我也不知道是好是壞。

使用應用程式，隨時都可以記帳，壞處是很難看見月份、年度變化，只是螢幕統計，隨便就滑過去了。沒有自己在記帳本逐筆寫下、按計算機那種踏實感。也有人睡前檢閱每筆支出，把帳本當作日記。如果可以掌控金流，那掌控字數與進度，也是差不多的事。

歷史小說家被我問到，如何寫出幾十萬字的小說？他便寄來 Excel 給我看，但交代千萬不可外流。上面有日期、每日字數，完成目標，超過日期天數。為了寫出正統的長篇小說，我學他的方式持續了三個月，但容易為湊字數而寫，效果不彰。但不管是歷史小說家，還是時代小說家，他們都說情節都按照原本的規畫，只有一小段事件脫離了，但也不影響整體走向。我想，編劇和長篇小說家的腦大概跟我的不一樣吧。

另外一種記帳是預算制，知道未來的自己要花多少錢，不覺得是件很美好的事嗎？臨時支出或大筆支出，可以從無法預測的獎金去扣。得獎了就去吃大餐、買下想要的東西。沒得獎，其實也不影響日常開銷。夢想這種東西，具體地實踐在閉關寫作的生活，兩個月一次的水電費，一年一度的保險費也能拆成十二個月。

那個告訴我「我年收入只有十七萬唷」的時代小說家，偶然被我看見她的帳本，她每月花費不高，但固定捐款給家扶基金會，我想，這就是細水長流吧。

我曾在龍山寺許願，如果可以得到某某大獎，就把十分之一捐出。後來真的得獎，我怕自己忘了是否還願，問廟方該怎麼捐款，他們叫我去廂房找師兄開證明。我這才發現除了解籤服務，這廂房就像個銀行櫃檯，是個扎扎實實的辦公室。只能看到頭頂的辦事員，要我寫了姓名、戶籍地址和身分證字號，收了我還願的錢，到後方列印出扣稅證明。這廟方根本是企業了。

感謝神明，帶我敲開寫作的第一扇門。

現在的我，知道該往哪裡走去，使用自己的收入和知識是值得驕傲的事，更重要的是，我能看見哪些人或基金會，需要這樣或多或少的幫助，而我也能無所求地付出了。

作家的身體

十點半上班到六點半，我是出版社第一個到，也是第一個離開。雖然我也想做個可靠員工，但那樣就不可能寫了，而且編輯活是永遠無止境，可以查證、思考。七點半到家，九點開始寫作，卻發現幾乎無法坐在椅子上，有人甚至因此訂做可以站立工作的桌子。

我到復健診所做職能治療，也給盲人按摩，泡熱水澡，花掉的時間也差不多一個小時，功效能維持半天。根本的解決之道應該是，不要寫了，對眼睛和脊椎比較好。忽然，我想起了村上春樹說他本來開酒館，日夜顛倒，結果三十歲的時候覺得不行了，為了長久寫下去，便開始跑步。

早起六點開始跑或許很好，但那樣八點我就回去睡覺，還會累個一整天。

後來，出版社的編輯開始在電梯口打拳擊有氧，有人做瑜伽，但我不想跟誰約好，就開始跑步、游泳，加上換了智慧型手機，可以記錄自己走了多遠，每五分鐘還能報時、報速率，感覺有個教練在身邊。晚上十一點開始寫的時候，幾乎能確保一個小時的專注時間。腰不痛了，眼睛也還可以。

我身邊的文字工作者開始做瑜伽、重訓、TRX懸吊訓練、游泳，無論這是否商業操作的陰謀，總之大家掉進這個坑了。馬拉松我也報過，不過就像前面說過的，要早起還要跟一堆人擠，更別說根本報不到名。為什麼都要追求自由了，但還要跟大家在那邊跑向共同的終點？最後，我自己在家附近的運動場跑了半馬。印象中是個涼爽的天氣，從四點跑到七點。

在可承受的距離、強度、時間，完全不用配合任何人，到最後我連寒流下雨都不怕，穿個防風防潑水的外套就行了。反正跑步的時候，身體是熱的，準備好頭巾、手套，差不多就行了。可以去河濱公園，但柏油路比較硬，有時選擇運動場，那邊有柔軟的PU跑道。

自由工作以後，時間沒有硬性規定，也沒有非跑不可的必要，反而覺得上課也不錯。因為錢花了，一定會去，還可以督促家人培養新習慣，運動兼家庭交流，算是一舉兩得。只是錢花得比較多。

當然也因為大叔嚷著身體壞了，我想若是可以的話，別到那麼壞才開始推拿按摩。這其中必然有年紀的相關性，但我二十歲的時候，也有朋友膝蓋壞了，雖然她看起來好好的。也有同事才三十多歲，但某節腰椎永久性斷裂——這個應該跟自由工作無關，而是文字工作者的職業病了。

「一天做一件事就很夠了。」資深文字工作者說。

雖然因為收入驟然減少，會想要接更多工作，但寫寫刪刪，走兩步退三步，萬一有幸時間充裕，說不定真會一事無成。這時候運動就很重要了，確認自己真的活著，而且要繳錢。今天就算沒有進度，但也真的盡力了。

「為什麼，你可以在沒有任何人期待的情況下寫下去？」

沒錯，要你有了一點成績，別人才會錦上添花，看到一校啦（還要你自己拍照貼上網）、看到封面了（如果不是太醜，基本上也會稱讚）。但你房子都蓋好了，打地基做田調，灌漿閉關開寫的時候，大家只想找你吃飯聊天吐苦水，只有很少數的「戰友」會回答你各種莫名其妙的問題。或是願意撥出眼力，看幾萬字的草稿。

「我也是呢。」「那你都怎麼談？」「某某可信嗎？」這才發現大家遇到的問題都一樣呢。

即使有了大把時間，也要像從前一樣，撥個半小時、一小時也好，每天寫五百字、一千字、兩千字，或是打開檔案存為今天的日期。那就是一件事了。

「總不能每次都輔導他們，搞得自己像急難救助專線。」我說。

「我會，因為我是摩羯座。」這個朋友說。

好啦，其實我也是摩羯座，所以才寫了這本書。希望各位迷途的自由文字工作者，瀏覽一下，少奮鬥兩年也成。雖說大部分是摩羯座的方式，不見得適用其他十一個星座。就我所知的摩羯座寫作者有：村上春樹、三島由紀夫、大江健三郎、蘇珊・桑塔格、紀蔚然、朱宥勳，一定還有很多我沒提到的。佛陀和耶穌也是摩羯座，所以我們大概就是生來做功德的吧。

作家的家人

演講前半個小時，先生騎機車載我到會場附近吃中餐，這是最不容易因為塞車而影響時間的交通工具。三峽是我們很熟悉的地方，假日沒事也會來走走。這家麵店不知道吃了幾次，只是我這次趕時間，先進入店內找位置坐下，但店家說要回門口排隊點餐，我就乖乖繞回去了。客人來來往往，員工也端著熱湯，動線混亂隨時都可能撞上。這天是假日，我們算過時間充裕，但偏偏忘了這個重要的前提。我退回門口，先生剛把機車停好，他手上已拿著點餐單，問我要吃什麼。剩下的時間來不及吃湯麵了，最快的方式，就是乾麵。

曾有另一個寫作者跟我說，結婚之前，他本來還會炒蛋炒飯，但後來廚房有了太太接手，他不敢在廚房輕舉妄動，現在完全不會做菜煮飯了。我的症狀比他嚴重，在這家麵店買了很多次，卻完全不會點餐。似乎可以想像，那些失去另一半的老人，為何會喪失生活機能和意志，明明好手好腳，但年輕時會做的事，都變得完全不會。當你眼中只有作品，不免認為自己是這個世界的造物主，只是不擅長在小吃店點餐。

如果你的家人、另一半或子女喜歡寫作，換句話說，時常活在另一個世界，最後不知該說是幸運還是不幸地——以文字工作維生，那家人必定要做好心理準備，我的寫作是奠基在家人無聲的付出。所謂的衣食無憂，就是我現在這樣，不然有太多煩惱，怎麼可能寫作呢？所以每次作品出版，免不了的就是致謝，鉅細靡遺寫出該感謝的姓名和行為。

家人可能是比讀者還要難以發現的存在，因為讀者會在特定的場合，以特定的方式出現。但家人在食衣住行這些方面，無所不在。我想，既然我可以把靈感記在便條紙上，那為什麼不能寫下家人的貢獻？同樣都是文字，用文字記錄他們做過的事，剛好是我擅長的事。

所以我就像記帳一樣，記下每個月值得感謝的三件事。小至拖地，大至幫貓剃毛，或是修理馬桶，這些並不是家人份內的事，但他們選擇做了。一年下來就有三十六件事了。這些紙片，剛開始用磁鐵固定在門後，幾個月後收在鐵盒之中，就像是零錢一樣。

無論是我媽或是先生，他們最常講的話是：你去忙。為了不辜負他們的期待，我多少也要在他們付出的時候，努力一下，重看上次寫的文字也好，回覆郵件匣中標誌為「工作待回」的信件也好，都是在確定自己在寫作這條路上。當然，如果有一天，要為了他們暫時離開寫作這條路，我也沒有遺憾。

失去了點餐的功能以後，我忽然清楚地意識到，無論是天女散花的文學獎，還是陌生人的善意，大約都不足以養成一個作家。

把我養成一名作家，不是國家或社會，是我的家人。

小時候，媽媽會在我的作文登上校刊的時候，認真的稱讚，雖然她根本不知道校刊是什麼東西。她會在我得到校內文學獎的時候，第一時間帶我去郵局兌領支票，等待三天之後才會進入我帳戶的數字。一個母語不是普通話的異鄉女性，她的小孩終於可以不用像她一樣，因為語言的關係被指責為不是台灣人。

後來我才知道，不因為別人的眼光而改變，是多麼重要的美德。

某個朋友說，他永遠記得小時候學媽媽那樣吐痰在地上，結果被幼稚園老師斥責，他覺得很冤枉，抬頭看向一直這樣做的媽媽。無時無刻擺脫不掉媽媽這個身分的女性，她的任務比寫作更艱困，她的小孩隨時會失去對她的信任。日子就在一點一滴的磨難中，失去了耐心。我媽在我很小的時候，清楚地告訴我，她無法教我功課了。我卻是要到了長大以後，才知道自己讀書時不用分擔家計、做家事，其實是媽媽把她的一切都給了我，讓我擁有「去忙」的時間。

但是也別忙太久，有人埋頭寫書，那時他的媽媽病情並不樂觀，但他心想媽媽一定會等他寫完才離世，這是個不理性的藉口，也讓他錯失跟媽媽好好告別的機會。

有一次，遇到一名中學國文老師，他問我是否能幫他看作品，我知道自己不擅評論，近來也極少撰寫書評。他說了一句，我聽過這輩子最驚詫的台詞，他說：「可是我女友很崇拜我耶。」他的女朋友是他在高中帶的學生，但我沒見過對方女友，也沒聽過交往故事，所以不予置評。但是我想有兩個重點必須澄清：第一，我不是你的女朋友。第二，我在寫作這條路上，如果要說狂妄也是狂妄，至今沒有崇拜過任何人。當然有覺得很厲害的作品，有我怎麼樣都無法寫出來的作品，但就算是這樣的作者，偶爾也有失手的時候。

所以我擔心，如果這個女友成為他暫時或是永久的家人，不管是任何犧牲他大概都會覺得理所當然。雖然不知道是否來得及，但我想在這裡，對他不知名的女友喊話，請全速逃跑吧！千萬不要成為他的家人！今天他可以大言不慚對新銳作家說，我的女友很崇拜我，將來不知道會說出什麼更誇張的話。

對於這種東西（無論如何我不會承認這種東西是作家），我立刻眼神飄到別的地方，嘴上說我真的不會評論作品啦，心想誰管你死活啊。也因為我還沒想出打爆這種人的方式，只能寄望他未來直接自爆，我就乾脆往障礙物的反方向全速逃跑了。

後記

修羅場目睹兩年怪現狀

這本書寫的大多是專職寫作路上遇到的怪現狀，但寫作這種病就算出了社會、生了小孩、退休以後，大概都沒有痊癒的希望。出版社看完這份書稿以後，開了一個內部會議。編輯跟我說，剛進社會的新鮮人看了，說專職寫作看起來好恐怖，我是不是應該趕快轉行？行銷企劃也說，寫作到底有什麼好處，要付出這麼多代價？寫作固然不輕鬆，但這個社會難道有什麼輕鬆的工作嗎？如果有，我現在就去做！

人為何寫作，大致有兩種原因：一個是喜歡寫作，一個是想成為作家。容我引述《21天搞定你的劇本》：**如果你想要賣出劇本，並且賺到一大筆錢，同時保住現有的正職，就去找製片人改編你的故事。但你如果想在好萊塢成為編劇，那重要的不是賣出劇本，而是兜售你自己。**因此寫作出版和以寫作維生根本是兩回事，雖然有相關的部分，但其實是兩件不同的事。

關於作家和作品，無論是寫出優秀作品的作家，或者沒有代表作，但仍然被廣泛認為是作家的人，我都覺得新鮮有趣。對於作家和作品，我可以有不喜歡的權利，但我不認為有人可以聲稱什麼不是文學。畢竟文學本身，就是各種例外的集合。如果有人聲稱什麼東西不是文學，請你好好去看這個人的作品，看他現在是否算是真正的作家，還是耍耍嘴皮子而已。

開會的時候，合作已久的編輯對我說，你很幸運，但竟然還遇到這些事。我說是，根本不敢去想，如果不是這麼幸運，寫作風格不算主流的我，現在大概也沒有機會出書。就因為我知道沒有機會的感覺，平常就跟那些寫作的朋友聚會，聽著對方最近寫作的計畫，交流各種資訊，這個小小的互助會就不知不覺取暖唾罵走過來了。直到成名作者跟我說出他遇到的困難，我才發現，關於寫作求生的問題跟年齡和資歷無關，具體描述現在的環境恐怕是刻不容緩了。

這些基本事項在文學技巧上來說，根本不值一提，只是我厚臉皮問來的答案，也犯了新手作家的錯，也只能認真道歉，希望同樣的錯不要犯兩次。這些不該成為我們創作上的阻礙，卻偏偏有太多迷思認為，作者及其家人應該為藝術犧牲。但事實證明，這些阻礙根本不值得我們花時間，時間應該花在與創作真正相關的地方才對。

這本書要感謝的人們，寫在各篇文章當中，是你們支持起整個寫作的生態系。也有許多為了保護當事人，我無法具名的情況，更加感謝你們的陪伴和無私的分享。希望這本書可以幫助新手作家度過被剝削的時期，讓嚮往踏上寫作這條路的夥伴有心理準備，也讓業主知道如何合理使用自由文字工作者——我們打下的每一個字，付出的每一份努力，其實都值得驕傲。

我們寫作場上見。

INK PUBLISHING
文學叢書 572
新手作家求生指南

作　　者	陳又津
總 編 輯	初安民
責任編輯	宋敏菁
美術編輯	林麗華
校　　對	吳美滿 陳又津 宋敏菁

發 行 人	張書銘
出　　版	INK 印刻文學生活雜誌出版股份有限公司 新北市中和區建一路249號8樓 電話：02-22281626 傳真：02-22281598 e-mail：ink.book@msa.hinet.net
網　　址	舒讀網http：//www.sudu.cc

法律顧問	巨鼎博達法律事務所 施竣中律師
總 代 理	成陽出版股份有限公司 電話：03-3589000（代表號） 傳真：03-3556521
郵政劃撥	19785090 印刻文學生活雜誌出版股份有限公司
印　　刷	海王印刷事業股份有限公司

港澳總經銷	泛華發行代理有限公司
地　　址	香港新界將軍澳工業邨駿昌街7號2樓
電　　話	(852) 2798 2220
傳　　真	(852) 3181 3973
網　　址	www.gccd.com.hk

出版日期	2018年9月	初版
	2019年1月5日	初版二刷
ISBN	978-986-387-254-2	

定　價　350元

國家圖書館出版品預行編目資料

新手作家求生指南／陳又津 著；
--初版, --新北市中和區：INK印刻文學，
2018. 09 面 ；14.8 × 21公分.（文學叢書；572）
ISBN 978-986-387-254-2（平裝）
855　　107014564